LOS CASOS DE GONZÁLEZ, UN INSPECTOR SEVILLANO

ExLibric

JOSÉ QUINCOCES

LOS CASOS DE GONZÁLEZ, UN INSPECTOR SEVILLANO

EXLIBRIC

ANTEQUERA 2024

LOS CASOS DE GONZÁLEZ, UN INSPECTOR SEVILLANO
© José Quincoces
Diseño de portada: Dpto. de Diseño Gráfico Exlibric

Iª edición

© ExLibric, 2024.

Editado por: ExLibric
c/ Cueva de Viera, 2, Local 3
Centro Negocios CADI
29200 Antequera (Málaga)
Teléfono: 952 70 60 04
Fax: 952 84 55 03
Correo electrónico: exlibric@exlibric.com
Internet: www.exlibric.com

ISBN: 979-13-87528-30-0
Depósito Legal: MA 2914-2024

Impresión: PODiPrint
Impreso en Andalucía – España

Nota de la editorial: ExLibric pertenece a Innovación y Cualificación S. L.

JOSÉ QUINCOCES

LOS CASOS DE GONZÁLEZ, UN INSPECTOR SEVILLANO

Para Helena,
quien en la profundidad del invierno,
y sin saberlo, descubrió que en su interior
hay un verano invencible.

Para Julia,
por su paciencia y comprensión.
Porque con su amor y paciencia
nada me parece imposible.

Índice

Crimen en Semana Santa

LEÍDO EN EL PROGRAMA *CUENTO CONTIGO* (M-80 RADIO)
2 DE JUNIO DE 2002

Eran las ocho de la mañana del Jueves Santo. En una zona poco transitada del Parque de María Luisa de Sevilla había aparecido el cuerpo inerte de una persona, pero no era un caso corriente dadas las fechas. El difunto vestía el hábito de penitente de la cofradía de la Angustia. Los jardineros del parque dieron aviso a la policía y los agentes que se desplazaron al lugar recomendaron prudencia y discreción. La Semana Santa sevillana estaba próxima a llegar a su punto culminante del Viernes Santo y, a juicio del inspector de policía asignado, cuanta menos notoriedad se diera al caso mejor sería para la investigación y para todos. El juez de guardia que ordenó el levantamiento del cadáver se hizo cargo de la investigación y estuvo de acuerdo con la opinión del inspector.

Por la posición que tenía el cuerpo, no parecía que hubiese sido un suicidio; la inspección ocular del cadáver evidenciaba que la víctima había sido asesinada con una ancha tira de tela, aunque tuviera el cordón de su propio hábito alrededor del cuello. Cuando se le retiró el capirote de nazareno, se comprobó que era un hombre de pelo moreno y ojos azules y que aparentaba unos treinta y cinco o cuarenta años de edad. Estaba desprovisto de cualquier tipo de documentación, por lo que las primeras pesquisas se centraron en identificar a la víctima.

Al mediodía, el inspector González tenía sobre su mesa de trabajo los resultados de la autopsia. Muerte por estrangulamien-

13

to, altos niveles de alcohol en la sangre y restos de hilos blancos entre las uñas. Ello evidenciaba algo de forcejeo en el momento del asesinato; además, la limpieza del hábito que vestía la víctima indicaba que el crimen había sido cometido en el lugar donde se encontró el cuerpo.

La búsqueda en los archivos de la policía fue infructuosa, no había registro de nadie con las características del difunto, por lo que no había más remedio que esperar a que llegara de Madrid el resultado de la inspección de las huellas dactilares. Mientras tanto, el inspector González localizó al hermano mayor de la cofradía de la Angustia y le citó de inmediato en su despacho. Allí mantuvo una conversación con él tras advertirle sobre la necesidad de máxima discreción.

—Para empezar, ¿le importaría decirme su nombre y profesión?

—Me llamo Rafael Álvarez y soy empleado de banca.

—Esta mañana —continuó el inspector— hemos encontrado en el Parque de María Luisa el cuerpo de una persona con el hábito de esta cofradía. ¿Tiene usted constancia de que haya faltado algún cofrade a las reuniones previas a la salida de la hermandad en procesión?

—Tenemos muchos hermanos que no son de Sevilla —contestó el hermano mayor—. Algunos incluso vienen de fuera de España y llegan momentos antes del inicio de la procesión. De momento, en las reuniones previas han acudido los habituales. Siento no poder ayudarle.

—¿Vio alguna vez a esta persona? —le preguntó mientras le enseñaba la foto de la víctima.

—Me resulta familiar, pero no podría decirle de quién se trata. Debido a mi profesión suelo ver a mucha gente que no conozco.

—¿A qué se dedica usted en el banco?

—Trabajo como cajero en una sucursal de la avenida de la Constitución, cerca de la Catedral, y acude mucha gente que simplemente está de paso en Sevilla.

—Entiendo —respondió el inspector—. Una pregunta más, por favor.

—Las que usted quiera, señor inspector. Esto es lamentable para la Semana Santa de Sevilla.

—Efectivamente, así es; pero, dígame, ¿ha visto algún cofrade con el hábito roto o rasgado?

—No podría decirle. Normalmente utilizamos el hábito solamente para el desfile procesional. Hay algunos hermanos que lo visten a lo largo del día que desfilan y, aun así, no me he percatado de ello. La inspección de los ropajes se realiza momentos antes de la salida.

—Interesante —dijo el inspector con tono pensativo—. Me pregunto si podría estar presente como un cofrade más e incluso desfilar con la cofradía si fuese necesario. Por supuesto, necesitaría cierta libertad de movimiento durante la marcha.

—No es habitual que desfile quien no sea cofrade, pero dadas las circunstancias tendremos que hacer una excepción. Puedo hablar con el hermano cerillero para que usted ocupe su puesto.

—Me parece bien, pero comprenda que debo estar presente cuando hable usted con él.

—Por supuesto, así será. Venga usted a las cinco de la tarde a la iglesia de la Encarnación.

—Allí estaré. Hasta luego.

No era mucho lo que había podido obtener, pero al menos era un indicio que podría seguir. Desconocía dónde le podría llevar o incluso si era fiable, pero por el momento no tenía otra opción mejor.

Cuando terminó la entrevista con el hermano mayor aún no tenía noticias de Madrid. Debido a las vacaciones de la Semana Santa y la festividad del Jueves Santo, sólo estaba de servicio un equipo mínimo que aún no había encontrado al titular de las huellas que se habían enviado al registro central. Hasta el lunes, como pronto, no tendrían respuesta y, mientras tanto, el inspector González sólo contaba con sus propios medios.

Después de una ligera comida, se dirigió a la plaza de la Encarnación. Quería estar allí con un par de compañeros antes de que empezaran a llegar los nazarenos. En la iglesia se encontró con el párroco y el sacristán. Se sorprendieron por la visita del inspector de policía, que no tuvo más remedio que ponerles al corriente de lo ocurrido. La noticia les dejó consternados e inquietos. El inspector González les calmó y les comentó que su intención era investigar sin que transcendiera nada de lo ocurrido; era sumamente importante evitar cualquier tipo de alarma y procurar que los momentos importantes de la Semana Santa —Jueves Santo, Madrugada y Viernes Santo— transcurrieran de la forma más natural posible.

Interrogó a los dos miembros de la iglesia como hizo con el hermano mayor de la cofradía y obtuvo el mismo resultado: nada. Mientras tanto, fueron llegando los cofrades vistiendo sus hábitos. El hermano mayor fue de los primeros en llegar y enseguida le presentó al hermano cerillero. También tuvo que ponerle al corriente de lo ocurrido para que este dejara su puesto en la procesión al inspector.

Después le entregaron un hábito de la cofradía, que el inspector González vistió inmediatamente. Ya de esta guisa, el inspector y sus hombres deambularon entre los cofrades con intención de encontrar al sospechoso, el cofrade que tuviera el hábito rasgado.

En un apartado, junto al paso del Ecce Homo, un grupo de costaleros charlaba distendidamente, ajenos todos a la observación que hacían los policías y sin percatarse de que uno de ellos había llamado su atención; llevaba roto el cubrecabeza protector de algodón blanco. ¡Ese costalero era un sospechoso!

Con suma delicadeza le llevaron a la sacristía para interrogarle.

No habían más que empezado a tomarle declaración cuando un golpe, seguido de un fuerte alboroto, hizo que los policías salieran a la nave principal y lo dejaran solo.

Cuando regresaron para continuar el interrogatorio se encontraron al costalero estrangulado y con un fuerte golpe en la cabeza. Un pequeño hilo de sangre manaba de su cabeza para caer al suelo y difuminarse con las rojas baldosas del pavimento.

Con toda rapidez los tres hombres se dirigieron a la otra puerta de la sacristía, la que daba a un corredor por detrás del altar mayor, pero sólo encontraron un paño de lino blanco ensangrentado y un copón de latón tirado en el suelo. Al fondo, los murmullos de las voces de los cofrades y el tintineo de sus varas metálicas de mando sobre el empedrado de la iglesia simulaban una especie de oración por el costalero fallecido.

Los policías, reunidos en la sacristía junto al cadáver del costalero, analizaron la situación: la iglesia estaba cerrada, por lo tanto, el asesino estaba dentro y seguía dentro; el costalero sabía algo y podía poner en peligro a alguien, ese debía de ser el móvil para matarlo; era imposible interrogar a 1.200 personas, entre nazarenos y costaleros, sin suspender la procesión y, por el contrario, suspenderla ocasionaría un revuelo de consecuencias incalculables.

Además, pocas personas sabían, o podían saber, que el costalero iba a ser interrogado: los cofrades estaban atareados con los últimos preparativos de la procesión, el hermano mayor y los responsables de las diversas secciones estaban ajetreados con los estandartes, el párroco y los monaguillos se estaban vistiendo y preparando los incensarios. Tan sólo quedaba el sacristán. ¿Qué estaba haciendo el sacristán? Nadie lo sabía, pero no quedaba tiempo para interrogatorios.

Así pues, el inspector González diseñó rápidamente un plan con la ayuda de sus colaboradores. Se intentaría sacar el cuerpo del costalero bajo la apariencia de un accidente cualquiera; después él mismo se integraría en la procesión, como había planeado, pero provisto de un equipo de transmisión bajo el hábito de la cofradía, y varios agentes de paisano controlarían el paso de la procesión por si el asesino intentase la huida; se pondría especial cuidado en los lugares de mayor aglomeración de público y, lo más importante: todo esto, incluida la muerte del costalero, debía quedar oculto a la totalidad de los cofrades, incluso del hermano mayor.

Acto seguido, llamó al juez de guardia para ponerle al corriente de los últimos acontecimientos y solicitar su autorización para llevar a cabo el plan previsto. El juez no tuvo inconveniente, salvo en el levantamiento inusual del cadáver sin su presencia. Ordenó que un agente quedase de guardia en la sacristía hasta que él llegase allí.

El inspector González dispuso las órdenes precisas y al poco tiempo ya tenía todo preparado. El hermano mayor deambulaba por la iglesia de un lado hacia otro mientras se aseguraba de que todo estuviera en orden. En un momento que se acercó al inspector le comentó:

—Esto es como el inicio de una obra de teatro, los nervios se apoderan de uno hasta que se levanta el telón; aquí ocurre lo mismo hasta que se abren las puertas.

Ya estaba todo preparado: los costaleros debajo de los pasos, los cofrades perfectamente alineados con los velones encendidos, los monaguillos lanzaban humaredas de incienso. En el reloj de la torre sonaron las campanadas de la hora con su cadencia habitual. El hermano mayor golpeó con su bastón de mando sobre el suelo —cling, cling— y el sacristán abrió las puertas del templo. Al fondo, el gentío expectante abarrotaba la plaza y los cofrades fueron saliendo en filas ordenadas; mientras tanto, el primer paso iniciaba su lento avance hacia la puerta principal del templo. Cuando se encontraba ante el umbral se dio la orden de parada: cling, cling. Todos se detuvieron y, mientras tanto, la banda de música se colocó en la calle, junto al portón de la iglesia. Después del descanso de los costaleros se procedió a la orden de marcha; el capataz dio las órdenes para la salida del templo con unos golpes del martillo dispuesto en la delantera del paso. Los costaleros dieron un impulso hacia arriba; era un movimiento que habían ensayado centenares de veces, pero que entrañaba un importante riesgo cuando se hacía en la puerta del templo. Justo en el momento en que los primeros centímetros del paso cruzaron la puerta, la banda entonó las notas del himno nacional, que continuó hasta que todo el paso estuvo fuera del templo.

En ese momento ya comenzaba a anochecer y sobre la plaza se iluminaron unas tímidas luces, como si dieran la bienvenida al Ecce Homo, que se mostraba al público con todo esplendor. Poco a poco continuaron saliendo los demás nazarenos hasta que se presentó al público la imagen de la Virgen. En ese momento, desde un balcón, se empezaron a oír las estrofas de una saeta. El silencio entre el público fue unánime, respetuoso, casi reverencial; sólo se escuchaba el desgarro desolador de las coplas entonadas en honor de la Dolorosa.

Una vez completo en la calle el cortejo, el inspector González impartió las últimas instrucciones a sus hombres: nadie debía actuar por su cuenta y tenían que solicitar refuerzo a la más mínima sospecha. La consigna unánime era discreción; se debía evitar cualquier tipo de alboroto para que no cundiera el pánico entre la gente y, sobre todo, debían mantener constantemente la comunicación entre todos los efectivos.

El inspector acudía de un lado a otro del cortejo observando las túnicas de los cofrades; todas estaban inmaculadas, en perfecto estado. Mientras tanto, no cesaba el tintineo de las varas de mando sobre el asfalto: cling, cling, una nueva parada; dos nuevos toques para reanudar la marcha; tres toques significaban una llamada al hermano cerillero para prender velas que el viento había apagado.

La procesión transcurría su devenir a paso lento en la Madrugada sevillana: la Alameda, Trajano, la calle Sierpes, la plaza de San Francisco, el paso por la Catedral, la avenida de la Constitución, etc. Todo el recorrido estuvo vigilado por los hombres del inspector, incluso los relevos de los costaleros tuvieron una intensa pero discreta vigilancia. No hubo ningún incidente en el recorrido.

El regreso a la iglesia de la Encarnación fue conforme al programa previsto. El sacristán, desde el interior del templo, se disponía a abrir las puertas con manos temblorosas. Su aspecto evidenciaba preocupación y nerviosismo acusado. Nada más abrir las pesadas puertas se hizo a un lado para franquear el paso a la comitiva.

Primero entró el estandarte junto con las autoridades religiosas y el hermano mayor; de cerca les seguía el cerillero-inspector, que deseaba hacerse con un buen lugar desde donde observar la entrada de todos los cofrades. Poco después, desde el fondo del templo regresaba el hermano mayor con paso rápido, golpeando el suelo empedrado con su vara de mando y emitiendo ese sonido martilleante que había acompañado al inspector González durante toda la noche. Él debía dirigir la entrada del cortejo desde la puerta del templo.

El paso del Cristo lacerado ya estaba en la puerta, listo para entrar; los costaleros ya habían hecho el giro para que la imagen entrase en el templo dando la cara al público, mientras que nuevamente la banda entonaba los acordes del himno nacional. El sacristán, que hasta entonces había permanecido junto al hermano mayor, hizo un movimiento para dejar más espacio a la entrada del paso. Fue en ese instante cuando el inspector González observó algo de lo que no se había percatado hasta entonces. Era algo que había quedado oculto por las tinieblas de la noche, pero que ahora, con las luces del amanecer, era observado por unos ojos experimentados.

Esa visión le hizo asociar dos hechos que tenía aislados en su mente, pero que, una ver relacionados, le ofrecían la prueba que necesitaba. No coincidía con lo que él había estado buscando, pero era la prueba definitiva.

Sin pensárselo dos veces se puso en comunicación con sus hombres.

—¡Atención! El sospechoso se encuentra dentro del templo. Controlen todos los accesos. Nadie debe salir sin mi autorización expresa. Señor juez, ¿continúa usted en la sacristía?

—Efectivamente, inspector. Ya me contará el resultado de sus averiguaciones, pero prosiga. Por cierto, el cuerpo del costalero fue trasladado al forense por medio de una unidad de Protección Civil cuando se despejó la plaza.

—Sólo necesito que me dejen libre la sacristía y, si hay suerte, cuando salgamos habremos resuelto el caso.

Las puertas del templo se cerraron tras los últimos penitentes. Sobre los bancos de la iglesia disfrutaban el bien merecido descanso después de recorrer a paso lento las calles sevillanas durante una larga noche, para más de uno la noche más larga del año.

La gran mayoría de los cofrades era ajena al trabajo que desarrollaba el inspector González; algunos, incluso, ni siquiera se habían percatado de la sustitución del hermano cerillero. Mientras tanto, el inspector y el hermano mayor dialogaban en un aparte.

—Debe de ser muy importante para ustedes mantener la tradición —comentaba el inspector—. La verdad es que esto es agotador.

—Señor inspector, Sevilla no sería lo que es si no hubiese Semana Santa.

—Voy a necesitar su ayuda una vez más. Creo tener un indicio, pero necesito que me aclare algo. ¿Le importa que lo tratemos en la sacristía para hablar más cómodamente?

—Por supuesto. Todo lo que esté en mi mano…

Continuaron la conversación mientras se dirigían a la sacristía para conversar y descansar tranquilamente, ajenos al resto de los cofrades.

—La verdad, aunque nací aquí, viví mucho tiempo fuera de Sevilla y hay muchas cosas de las procesiones que no comprendo —confesó el inspector.

—Pregúnteme lo que quiera. Llevo más de treinta años en esta cofradía y creo que le puedo explicar cualquier cosa.

—Supongo que conoce bien al párroco y al resto de los miembros de esta iglesia.

—Así es. El párroco llegó aquí cuando yo ya era cofrade de la hermandad. Al sacristán le conozco casi de toda la vida.

—Interesante. Por cierto, me ha impresionado el trabajo delicado de los bastones de mando —continuaba el inspector con el diálogo—. ¿Son de plata quizás?

—No exactamente. Estos bastones se utilizan para ordenar las paradas y la marcha golpeando el suelo con ellos. La plata es un metal blando y se deterioraría antes de acabar la procesión. Por eso son de acero en la parte inferior y la bola que golpea en el suelo. Los adornos y el resto suelen ser plata, aunque muchos también tienen de acero la vara principal.

—Y si sólo los utilizan durante la procesión, ¿qué hacen con ellos el resto del año?

—Se custodian en la misma iglesia, en la sala del tesoro, dentro de un armario cerrado con llave. Los guardamos en fundas de terciopelo con el emblema de la cofradía bordado en hilo dorado. Tan sólo los sacamos de este lugar el día antes de la procesión para limpiarlos y darles brillo.

—O lo que es lo mismo, los cuidan con mucho esmero.

—Así es —respondió el hermano mayor.

—Nunca he tenido uno de estos en mi mano. ¿Me permite el suyo, si es tan amable?

—Por supuesto. Tenga.

El inspector observaba con deleite y admiración el fino trabajo de orfebrería del bastón de mando. Era un trabajo pulcro y delicado. Lo recorrió con su vista desde arriba hasta el extremo inferior, donde se detuvo su mirada. Tras unos segundos le dijo al hermano mayor:

—Me sorprende que su bastón, después de lo que me ha dicho, tenga esta abolladura en el extremo inferior y también estas manchas en las hendiduras entre la vara y la bola.

El hermano mayor enmudeció y su rostro se tornó pálido. El inspector prosiguió con voz tranquila pero firme:

—Señor Álvarez, creo que usted tiene muchas cosas que contarme sobre esta Semana Santa, pero los cofrades están muy cansados y desean regresar a sus casas. Usted debe terminar su trabajo antes de explicarme lo que yo quiero saber. No me va a defraudar, ¿verdad?

El hermano mayor asintió con la cabeza y se dirigió a la puerta de la sacristía seguido por el inspector. Desde allí les dijo a los cofrades:

—Hermanos, hemos desfilado como siempre lo ha hecho nuestra cofradía. Si ya habéis dejado las cruces y los estandartes en su sitio, id a vuestras casas a descansar. ¡Hasta la próxima Semana Santa, si Dios quiere!

El inspector hizo una seña a sus hombres y al juez de guardia para que pasaran con él. De regreso a la sacristía, impartió instrucciones para que dejasen salir a los cofrades.

—¡Atención a todas las unidades! La misión ha terminado con éxito. Dejen libres las puertas de la iglesia y permitan la salida a cualquier persona. Muchas gracias a todos por su colaboración.

Después, mirando fijamente a los ojos del hermano mayor, le dijo:

—Don Rafael Álvarez, empleado de banca y hermano mayor de la Cofradía de la Angustia, le acuso formalmente del asesinato en esta sala de un costalero de su propia hermandad. Tiene usted derecho a guardar silencio, a no declarar contra sí mismo y a declarar asistido por un abogado. Sin embargo, si accede a colaborar, nos ahorrará mucho trabajo a todos: al juez de guardia, aquí presente, y a mis hombres, que están como testigos. También intuyo que algo tendrá que decirnos sobre el nazareno del Parque de María Luisa.

El rostro del hermano mayor estaba sudoroso y las manos le temblaban. Con voz entrecortada acertó a responder:

—Descuiden, colaboraré con ustedes. Les diré todo y estoy dispuesto a pagar por lo que he hecho... ¿Podrían darme un cigarrillo?

Fue el propio juez quien le alargó su paquete de tabaco y le encendió el pitillo. Tras aspirar una bocanada de humo, inició su declaración.

—El nazareno muerto era un constructor, cliente de mi banco y también hermano de esta cofradía. Nos conocíamos desde hace tiempo. Debido a su actividad profesional tenía una importante suma en dinero negro. Durante el verano pasado estaba preocupado por el cambio de la moneda al euro. Él ya había blanqueado algo mediante la compra de un chalet en la costa y un nuevo coche, pero todavía le quedaban 180 millones de pesetas y no sabía qué podía hacer con ello.

»Yo le dije que podía pasar a Gibraltar con ese dinero y cambiarlo allí a dólares o ecus, la divisa europea anterior al euro; luego, después del cambio de la moneda, lo podría ir recuperando poco a poco hasta volverlo a tener aquí.

»Aquello le pareció una buena idea y en agosto me entregó una cartera con 180 millones de pesetas para que los depositase en un banco de Gibraltar. Pasé el dinero sin dificultad y lo deposité en la sucursal de un banco holandés sin que me preguntaran por su origen. En ese banco me ofrecieron diversas posibilidades para rentabilizarlo, pero no hice nada, excepto recoger las claves para operar.

»La tentación de obtener un rendimiento rápido de ese dinero era muy fuerte y me decidí a invertir en bolsa. Compré varios paquetes de acciones y dejé un remanente de unos cincuenta millones para posibles contingencias u otras oportunidades, puesto que no tenía que dar cuenta del dinero hasta finales de febrero.

»El primer problema apareció a raíz del atentado de las Torres Gemelas; las bolsas se hundieron y, con ello, las pocas ganancias que había obtenido se tornaron en pérdidas. Después, en diciembre, la crisis de Argentina aumentó las pérdidas.

»Cuando el constructor me pidió el dinero, no sabía qué decirle. Intenté darle largas, pero cuando le confesé lo ocurrido amenazó con montar un escándalo en mi banco, en la cofradía y donde fuera necesario.

»Tuve miedo y fue entonces cuando hablé con el costalero. También le conocía desde hace tiempo; era jugador y siempre tenía problemas de dinero. Sabía que el banco iba a embargarle el piso por impago de la hipoteca. Como era hombre de pocos escrúpulos, le ofrecí matar al constructor a cambio de diez millones de pesetas, con los que podría cancelar la hipoteca y salvar su situación.

»Le estranguló con el cubrecabeza, pero se le rasgó durante el forcejeo. Como tenía que parecer un suicidio, ya había pasado el cordón del hábito por el cuello y estaba a punto de atar el otro extremo a una de las ramas cuando llegaron los jardineros y tuvo que huir.

»Cuando ustedes le descubrieron me sentí acorralado. Quise prevenirle, pero tenía que hacer algo que me permitiera hablar con él a solas, aunque fuera un instante. La sala donde se guardan los estandartes está al lado del coro. Uno de los adornos de la barandilla del coro estaba suelto y lo empujé; el ruido que hizo al estamparse contra el suelo organizó tal revuelo que les hizo salir de la sacristía. Aproveché ese momento para entrar por la otra puerta; el costalero estaba de espaldas a mí y no resistí la tentación de golpearle con lo que tenía a mano, mi vara de mando. Cuando le vi sangrar la cabeza ya no tuve opción y le estrangulé con mis propias manos. Salí de allí casi al mismo tiempo que ustedes regresaban y sólo tuve tiempo de limpiar el bastón con un paño de la capilla contigua y dejar un copón en el suelo para despistar, como si hubiera sido el objeto con el que se produjo la muerte.

»El resto ya lo conocen ustedes.

Cuando el hermano mayor terminó su declaración, el inspector detuvo una grabadora y llamó a la comisaría para pedir un coche sin distintivos policiales; después, dirigiéndose simultáneamente al criminal confeso y al juez, les dijo:

—Bien, señor Álvarez, como ha podido comprobar, he grabado su declaración y hay testigos de que ha sido realizada libremente. Señor juez, aquí tiene usted a su hombre; a partir de este momento está a su disposición para que pueda proseguir su trabajo. A mí sólo me queda redactar el correspondiente informe.

—Cuando hace unas horas fui al Parque de María Luisa —dijo el juez—, pensé que este sería uno de los muchos casos que tardan bastante tiempo en resolverse. Me alegro de haberme equivocado.

Poco tiempo después llegaba a la iglesia de la Encarnación el coche que había solicitado el inspector, donde se llevaron al hermano mayor de la Cofradía de la Angustia camino de los calabozos de la Audiencia Provincial. A continuación salían a la calle el inspector González, sus compañeros y el juez de guardia.

Grandes costras de cera cubrían el suelo de la plaza como tributo rendido por la cofradía a la noche más importante de la Semana Santa de Sevilla. La *Madrugá* había transcurrido con normalidad y sin incidentes. Había sido una Madrugada más…, como de costumbre.

En Sevilla tuvo que ser

VIERNES, 09:30 HORAS

Esa mañana se preveía tranquila con la esperanza del próximo fin de semana, que se dedicaría al descanso. Los días de la feria ya habían pasado y el calor se hacía notar, aunque aún fuese primavera, y la luz, esa luz brillante de Sevilla, se reflejaba sobre el cauce del río Guadalquivir, rompiéndose en miles de puntos brillantes que tintineaban en la superficie del agua.

Cuando sonó el teléfono en el despacho del inspector González, cambió lo que se preveía un día rutinario y relajado por unas sucesivas jornadas intensas, de esas que se recuerdan durante mucho tiempo.

La llamada provenía del juzgado de guardia, que, a su vez, había recibido la comunicación del tanatorio municipal de Sevilla. Las primeras indagaciones realizadas por el juez de guardia indicaban un caso de suicidio, pero, cuando el inspector pudo observar el cuerpo de la fallecida, su instinto le dijo que aquello podría ser cualquier cosa, menos un suicidio.

El informe de la autopsia no daba muchas pistas: mujer de cuarenta y cinco años de edad, rubia, sesenta kilos de peso y 1,72 metros de altura. Causa de la muerte: envenenamiento con una sustancia de alto contenido en cianuro. La hora del óbito se situaba entre las 00:30 y la 01:30 de la noche del jueves al viernes.

Las primeras pesquisas realizadas por el juez de guardia apuntaban que la fallecida se llamaba Dolores Muñoz, viuda desde hacía cuatro años y que tenía dos hijas, una de las cuales vivía con ella, mientras que la segunda residía en Málaga. El fallecimiento fue avisado a las nueve de la mañana por la hija que vivía con la fallecida.

El inspector González solicitó hablar con los familiares. Allí sólo se encontraban su hija y algunos vecinos que la acompañaban en tan doloroso trance.

—Buenos días, señorita —se presentó—. Me llamo Daniel González y soy el inspector encargado de la investigación.

—Buenos días, señor González. Soy Dolores Ruiz Muñoz. Mi hermana menor está en camino desde Málaga.

—No quisiera molestarles ahora —dijo el inspector—. Me hago cargo de la situación, pero mañana sábado o el lunes tendré que hacerles unas preguntas para poder completar el informe.

—Cuando usted guste. Muchas gracias por su consideración —respondió Dolores entre sollozos.

La mujer estaba desconsolada; su rostro tenía unas marcadas ojeras, presumiblemente producto de la tensión nerviosa.

A continuación realizó una inspección ocular al cuerpo de la fallecida y observó las fotografías que tomaron en el domicilio antes de retirar el cadáver.

La mujer aún conservaba cierta lozanía en su cuerpo; tan sólo unas leves patas de gallo daban cuenta de su edad. Las fotos tomadas en su dormitorio evidenciaban que era una mujer de gusto refinado y cuidado.

Después de esto regresó a su despacho y, durante el camino, habló con el juez de guardia.

—Señor juez, en mi opinión esto no es suicidio. Una persona que presta atención a los detalles y que cuida mucho de su aspecto no es posible que sufra una depresión que la lleve al suicidio. Pienso que estamos ante un asesinato.

—¿Tiene algún sospechoso? —preguntó el juez.

—Aún no, por supuesto. Si usted autoriza la investigación, comenzaré mañana mismo y, de paso, me gustaría tomar algunas imágenes de los asistentes al entierro.

—¿Qué pretende?

—Sé que las expresiones de la gente se relajan y se muestran más naturales cuando no se sienten observadas. Le aseguro que, si no encuentro indicios, destruiré esas imágenes.

—De acuerdo. Cuente con mi autorización, pero le advierto que no existen indicios claros que avalen su suposición. Mientras no me presente una evidencia clara y palpable, no puedo abrir una investigación formal. Hoy por hoy, esto es un suicidio.

—Comprendo. Actuaré con total discreción.

El inspector González puso en marcha su plan. Aún no lo tenía suficientemente configurado, pero él solía actuar así: en parte por instinto, en parte sobre la base de su experiencia y sólo algo conforme a un plan preconfigurado.

En primer lugar, llamó al Instituto Anatómico Forense para solicitar que retrasaran la autorización del entierro todo lo posible y, así, conseguir tiempo para preparar todo.

Después habló con la funeraria y consiguió que uno de sus hombres actuase como empleado en la conducción e inhumación del cadáver en el cementerio de San Fernando.

Por último, habló con el director del cementerio para cerciorarse del lugar en donde se precedería a la inhumación y, al mismo tiempo, conseguir su colaboración para poder obtener las imágenes de los asistentes.

Sábado, 10:00 horas

Cuando al día siguiente se procedió a enterrar a doña Dolores Muñoz, el inspector González desplazó a sus hombres de forma discreta por los alrededores del lugar del enterramiento. Él mismo, más alejado, en un discreto segundo plano, observó a los asistentes a distancia. El ambiente estaba cargado e impregnado de pesadumbre por el trágico suceso. Los negros lutos contribuían a marcar la aflicción como consecuencia de su fuerte contraste contra las blancas e impolutas lápidas del cementerio más limpio y conocido de Sevilla.

Allí pudo contemplar a las dos hermanas: Dolores tenía un aspecto demacrado, seguramente a causa de la tensión. Junto a ella, Rocío lloraba desconsoladamente. Justo detrás de ellas se encontraba un hombre joven, alto y rubio, de aspecto elegante, de quien no poseía referencia alguna. El resto de los asistentes eran amigos y vecinos de la señora Muñoz.

Cuando llegó el momento de dar el pésame a la familia, el hombre rubio acercó su rostro al de Rocío. Aquello no fue un simple beso como los que le habían dado los que le precedieron; ese hombre le dijo algo a Rocío y ella acusó recibo del mensaje con un gesto afirmativo de su cabeza.

Un par de horas después, de vuelta en su despacho, el inspector ya tenía las fotos del sepelio sobre su mesa. Aparentemente no había nada fuera de lo corriente en la actitud y los rostros de las hijas de la señora Muñoz ni del resto de la comitiva, pero ¿quién era ese joven hombre rubio?

No quedaba más remedio que iniciar interrogatorios entre los allegados para poder conseguir una pista, por lo que se dirigió al domicilio de la víctima. Prefirió no avisar de su visita; según su propia teoría, era más fácil encontrar algún detalle esclarecedor cuando la investigación se realizaba sin previo aviso.

El domicilio de la señora Muñoz se encontraba en una zona residencial de Sevilla. Era una casa típicamente andaluza de seis viviendas distribuidas en torno a un patio central comunitario. El patio estaba ambientado con unos grandes maceteros que albergaban unos pequeños árboles: un *Ficus benjamina*, un laurel, alguna adelfa. El resto eran pequeños tiestos de geranios, potos y coleos. Todo ello contribuía a dotar al entorno de un agradable frescor en las altas temperaturas del verano sevillano.

El inspector no tenía intención por el momento de interrogar a las hermanas; antes prefería hacer algunas indagaciones en el vecindario sobre las costumbres de la fallecida. Sin embargo, estas fueron en alguna manera contradictorias: mientras que algunos vecinos dijeron que, desde que enviudó, se dedicó a salir con hombres y a divertirse, otros dijeron que su vida no tenía nada extraordinario, que solía salir de vez en cuando y que no habían observado nada fuera de lo normal. Las habituales diferencias sobre la concepción de la moralidad según cada persona. Lo cierto es que la señora Muñoz no era la clásica viuda desconsolada a la que nos han acostumbrado los melodramas.

Cuando se disponía a regresar a su oficina, se sintió tentado de llamar a la puerta del domicilio de la hija de Dolores Muñoz, pero algo lo detuvo. Mientras estuvo quieto ante la puerta pudo oír una discusión familiar entre ambas hermanas. Parecías como si se acusaran mutuamente sobre hechos del pasado. Era evidente que entre las hermanas no había sintonía, pero tampoco pudo averiguar mucho más.

Al salir del inmueble se percató del destrozo que presentaba una de las plantas. Alguien había arrancado una de las ramas del laurel. «Desde luego —pensó—, ni siquiera en una comunidad pequeña como esta y en un barrio elegante se tiene respeto por los bienes comunitarios. Además, el laurel lo regalan en las fruterías».

Más tarde, de vuelta en su despacho, se comunicó telefónicamente con las hijas de la finada. Les participó su interés en hablar con ellas dentro del proceso de las investigaciones. Por supuesto, podrían acudir acompañadas de un abogado si lo estimaban pertinente, pero sólo pretendía que fuera una conversación sobre los hábitos de Dolores Muñoz, que quizás pudiera aportar algún indicio esclarecedor.

Dolores acordó encontrarse con el inspector en su oficina el martes próximo, ello suponía cinco días después de haberse iniciado el caso. Mientras tanto, el inspector González dispuso una vigilancia discreta sobre la actividad de Dolores Ruiz, la mayor de las hermanas y, por residir con la viuda envenenada, principal testigo implicada de este caso.

La vigilancia en torno a Dolores dio resultado con suma rapidez: esa misma tarde se dio cita con el hombre rubio. Los hombres del inspector González habían seguido a la pareja por la Alameda de Colón; después que tomaron algo en una de las terrazas frente a la Maestranza, continuaron el paseo por el barrio de Santa Cruz y se despidieron frente a un inmueble de apartamentos, donde se quedó el hombre rubio.

Dos policías, siguiendo instrucciones del inspector, se apostaron ante el inmueble donde entró el acompañante de Dolores. Había que averiguar quién era.

Dolores, según pudo averiguar otra patrulla que siguió sus pasos, regresó a su domicilio sin entretenerse. Lo sorprendente fue que, poco después de dejar a Dolores, el hombre rubio salió del que parecía ser su domicilio y se encaminó hacia la universidad. Después se adentró en el Parque de María Luisa en dirección a la plaza de España para, bajo los tupidos plátanos, ir a la entrada del Museo Arqueológico.

El dispositivo de vigilancia funcionó a la perfección. El hombre rubio caminó sin percatarse de que le estaban siguiendo muy de cerca. Cuando llegó a la puerta del museo, se detuvo y esperó.

Era evidente que se había citado con alguien y ese lugar no era propicio para efectuar una vigilancia prolongada. La amplia y despejada explanada que forma la plaza de América con el Museo Arqueológico hacia el sur y el edificio neomudéjar del Museo de Artes y Costumbres Populares enfrente, ponía en evidencia a cualquiera que permaneciese allí más de cierto tiempo sin hacer nada.

Los hombres del inspector González se alejaron prudencialmente hasta la denominada plaza de las Palomas. Este es un lugar donde confluyen casi todas las palomas de la ciudad, blancas todas ellas como la luna llena sevillana, esa luna que cada mes recuerda el embrujo y esplendor de sus noches entre olores mezclados de jazmines y naranjos.

Allí, jugueteando con las palomas bajo el sol, esperaban y vigilaban. No fue muy larga la espera, sólo unos veinte minutos. Al cabo de ese tiempo Rocío, la hermana de Dolores, se encontró con el hombre rubio; después, dos mujeres jóvenes se acercaron a la plaza de las Palomas. Eran policías, como ellos, pero nunca antes se habían visto; sin embargo, hay algo especial en la profesión y en el denominado sexto sentido de un policía que hace reconocer a un colega. Una simple mirada, un gesto, basta para presentarse sin necesidad de intercambiar palabras. Las mujeres, como dos amigas que hubieran quedado con alguien, se acercaron a los hombres.

—¿Qué tal, muchachos? —saludó una de ellas.

—¿Estáis en la operación?

—Somos de la 23. Hoy están casi todos en el partido del Betis.

—Voy a informar. —dijo uno de los hombres mientras sacaba un teléfono móvil del bolsillo del pantalón— Atención, central. Los pichones se han encontrado en el Museo Arqueológico. Se trata de la otra hermana con el rubio. Estamos con las compañeras de la 23.

Era el inspector González quien se encontraba al otro lado de la línea. Con aspecto de sorpresa solicitó que le confirmasen la información.

—¿Estáis seguros? ¿Rocío y el rubio están juntos?

—Afirmativo —confirmó el agente—. Están hablando frente a la puerta del museo.

—Bien. No los perdáis de vista. ¡Ah! Intercambiad las posiciones; así disimularéis mejor. Pedro, tú estás al mando. Coordina los movimientos para que los objetivos no sospechen. Esto es raro y no me gusta.

—Descuide, jefe. Le llamaremos cada media hora.

—Gracias, Pedro, y suerte.

Pedro Santaolalla era un policía curtido en las profundidades de los barrios marginales, donde el tráfico de drogas a pequeña escala y el robo de coches son moneda frecuente. Mediante la aplicación de una hábil combinación de autoridad, persuasión, negociación y camaradería, había conseguido reducir la actividad de los pequeños traficantes y, además, limitarla a un reducido ámbito perfectamente controlado. Ello le había supuesto la admiración y el respeto de sus compañeros, así como el reconocimiento de sus superiores. Además, Pedro sabía cómo hacerse invisible cuando era necesario; por ello, cuando le destinaron a la Jefatura Provincial de Sevilla, el inspector González le llamó a trabajar con él. Pedro era uno de sus hombres de confianza.

Pedro impartió las instrucciones que recibió del inspector y organizó el dispositivo de vigilancia. Mientras tanto, hábilmente simulaban una conversación con las mujeres, como si pretendieran ligar con ellas.

En un momento dado, una de ellas avisó sobre un movimiento de la pareja:

—Vienen hacia aquí.

Tranquilamente se separaron por parejas con movimientos y gestos que ya tenían estudiados.

Rocío y el hombre rubio pasaron cerca de Pedro y su compañera mientras hablaban totalmente despreocupados y ajenos al seguimiento de que eran objeto.

Cuando se hubieron alejado lo suficiente, Pedro preguntó a su compañera:

—¿Has podido pillar algo de lo que hablaban?

—Sólo una exclamación: «¡No me lo puedo creer!».

—Sí, lo mismo que yo. ¿Qué podrá significar?

—Desconozco los pormenores del caso, pero ella estaba muy sorprendida.

—No sé qué puede significar, pero estoy de acuerdo con el inspector: esto es muy confuso.

—¿Puedes ponerme al corriente del caso?

—Te contaré lo que sé mientras les seguimos. Vamos.

Al decir esto cogió a su compañera por la cintura para ir tras la pareja. Ella le dijo:

—¡Oye, tío, no te pases!

—Mira, compañera —respondió Pedro—. Estoy casado, tengo dos hijos y ninguna intención de divorciarme. Pero esto es Sevilla, estamos en primavera y somos una pareja que pasea por el Parque de María Luisa. No sabemos quiénes son esos pichones, pero, si no queremos que nos descubran, tenemos que comportarnos como lo que se supone que somos. ¿De acuerdo?

—Entendido. Mejor cógeme la mano.

Así, como una pareja de novios, emprendieron el camino tras los pasos de Rocío y su acompañante.

Estuvieron toda la tarde pegados a Rocío y el hombre rubio. De vez en cuando intercambiaban la posición con la otra pareja para prevenir cualquier posible suspicacia de la pareja vigilada.

Pedro puso al corriente del caso a Carmen, su compañera. No era mucho lo que se sabía del mismo y Pedro desconocía muchos de los detalles. El único que tenía todas las fichas del rompecabezas en sus manos era el inspector González.

Por otra parte, Carmen le contó su vida a Pedro. Ella era natural de Jerez, había estudiado Química con intención de trabajar en una bodega como enóloga, pero una serie de circunstancias la habían llevado a la Policía. Su intención era pasar al cuerpo de la Policía Científica y estaba preparándose para poder aprobar las pruebas de ingreso; mientras tanto ejercía funciones administrativas en la comisaría 23 y de vez cuando tenía alguna misión en la calle, como esta, pero siempre sin uniforme.

Carmen era una mujer de conversación agradable, por lo que la jornada de seguimiento no fue aburrida como solían serlo esas misiones. Los dos policías tenían la suficiente habilidad para hablar y mirarse sin perder de vista a sus objetivos en ningún momento.

A pesar de todas las precauciones, hubo un momento en el que Pedro se creyó descubierto. Fue en la plaza de Doña Elvira, una plaza recoleta y rectangular; en el centro, el murmullo de un surtidor refrescaba el ambiente junto con unos naranjos que daban sombra a los bancos colocados junto a la fuente. Era primavera y el año se había presentado especialmente caluroso, un calor húmedo y pegajoso que hacía estragos entre los turistas de diversas nacionalidades mientras disparaban sus móviles por doquier para tomar fotos, que posiblemente pasarían al olvido al cabo de un par de años, y agotaban las reservas de agua en las tiendas de recuerdos. El calor era especialmente duro con los turistas nórdicos, como aquellos que llenaban los bancos del centro de la plaza de Doña Elvira, los más sombreados.

Rocío y su acompañante se habían sentado junto a la mesa de una terraza de la plaza. Pedro y su compañera ocuparon una mesa próxima a la pareja. Cuando les trajeron las consumiciones, el hombre rubio se giró y se quedó observando a Pedro; fueron sólo unos segundos, pero suficientes para que un fisonomista se quedara con la cara impresa en la memoria. Pedro, con aire de disimulo despreocupado, esbozó una mueca sonriente y para reforzar su actitud acercó la mano de Carmen a sus labios. No fue nada más, pero lo suficiente para tener que cambiar la estrategia y aumentar las precauciones. Aun así, consiguieron oír retazos de la conversación. Aunque no fuera mucho, meras piezas sueltas, quizás puestas en el conjunto de los datos pudieran arrojar luz.

Lo principal fue una solicitud de Rocío: «Ayúdame y luego haz lo que quieras».

Pedro llamó a su compañero para evitar mayores suspicacias. La otra pareja tomaría el relevo del seguimiento y ellos se alejaron antes de que Rocío y su acompañante se dieran cuenta.

La noche intentaba asomarse entre los naranjos y la luna ya había hecho presencia en el cielo con esplendor. Era la luna de Sevilla, siempre brillante. Era la luna del embrujo y la pasión, dos componentes inseparablemente unidos a la ciudad que se hacen patentes en los recovecos del barrio de Santa Cruz y muestran su majestad en la recoleta plaza de Doña Elvira.

Dentro del bar sonó el rasgueo de una guitarra para amenizar a los turistas. Sevilla presentaba su imagen más amable y hospitalaria, a la vez que sus habitantes experimentaban los efectos del amor y del desamor, de los celos y las pasiones, aliviados o avivados, según qué casos, por el embrujo y el aroma de una ciudad especial, única y diferente a las demás. Sevilla tiene un aroma especial que se manifiesta sobre todo en las noches de luna llena, cuando los enamorados buscan un rincón para jugar el juego de besos y caricias, a la par que los despechados del desamor rumian su desagravio contra la persona antes amada y luego detestada.

Pedro pensó que el hombre rubio volvería dentro de poco a su apartamento de la calle Lope de Rueda, en pleno barrio de Santa Cruz. Hacia allí se dirigió con Carmen, su compañera, mientras sus otros compañeros se quedaban a cargo del seguimiento. Su experiencia no le defraudó y una hora más tarde vieron a la pareja aproximarse por el fondo de la calle; unos cuantos metros detrás de ellos hicieron acto de presencia sus colegas. El resto fue lo habitual: se despidieron y el rubio entró en el edificio, mientras que Rocío se encaminó a su hotel.

Acto seguido se reunieron los cuatro camaradas frente a la puerta del Hotel Esmeralda y Pedro informó al inspector González de los pormenores de la misión de seguimiento.

—Muchas gracias por todo —dijo el inspector—. No creo que ocurra nada más. Quiero pedir un favor: ¿podríamos vernos mañana a primera hora en mi despacho? Tenemos que procurar aclarar todo esto. Cualquier detalle puede ser importante.

—Por mi parte no hay inconveniente —respondió Pedro—. ¿Vosotros tenéis algún plan para mañana por la mañana?

La respuesta fue igualmente negativa para el resto del grupo y quedaron en verse a las ocho y media. De esta forma terminarían pronto y podrían disfrutar tranquilamente del domingo.

—¡Atención! —interrumpió Carmen—. Es Rocío con una maleta.

—Jefe —dijo Pedro—, continúa el seguimiento de Rocío. Luego llamo.

Los cuatro policías se fueron a sus automóviles en cuanto se percataron de que Rocío Ruiz tomaba un taxi.

Emprendieron camino de la estación de ferrocarril de Santa Justa. Una vez allí, comprobaron que adquiría un billete y se encaminaba al andén del tren regional con destino Málaga. Eran poco más de las diez de la noche y el tren saldría dentro de poco.

Los cuatro comprobaron que el objetivo se había acomodado en su asiento y permanecieron allí hasta la salida del convoy. Después dieron la misión por concluida.

DOMINGO, 08:30 HORAS

Al día siguiente, en la Jefatura Central, fue el propio inspector quien inició la reunión. Sin ningún tipo de preámbulo, pues no era necesario, entró en materia:

—Bien, primero muchas gracias por venir a pesar de ser vuestro día libre, pero este caso está a punto de escapársenos de las manos y eso no me gustaría. Tenemos una viuda, Dolores Muñoz, que ha fallecido en su casa. La autopsia ha descubierto concentraciones de cianuro. Algo me dice que no es un caso de suicidio como sugiere el juez de guardia y tenemos poco tiempo antes de que decrete el cierre del sumario. Os he reunido para repasar los datos que tenemos y ver qué se nos ocurre entre todos. Tenemos muchos indicios, quizás demasiados, apuntando en varias direcciones, pero no hay ninguna prueba. Por favor, Pedro, empieza tú.

Pedro Santaolalla abrió una carpeta que tenía ante sí y comenzó a leer el breve informe de la difunta Dolores:

—Dolores Muñoz, viuda y sin ocupación; vivía con cierta holgura gracias a la pensión de su esposo. Culta y de gustos exquisitos, asidua a las reuniones de la sociedad elegante de Sevilla. Desde que enviudó no ha tenido pareja estable, pero con frecuencia se la ha visto acompañada; algunas veces sus acompañantes han sido mucho más jóvenes que ella.

—Gracias, Pedro —interrumpió el inspector—. Por favor, el siguiente.

Fue ahora Carmen, la compañera de Pedro el día anterior, quien tomó la carpeta.

—Dolores Ruiz, hija mayor de Dolores Muñoz y hermana de Rocío. Trabaja en el centro de atención al cliente de una empresa informática situada en uno de los pabellones de la antigua Exposición Universal, en la isla de la Cartuja, y vivía con su madre. Su comportamiento responde al habitual de las jóvenes de su edad: salidas en grupo, ocasionalmente con un solo acompañante, los viernes y sábados por la noche. Nada durante el resto de la semana. Tampoco ha tenido una simple multa de tráfico.

—Siguiente, por favor —pidió el inspector.

—Rocío Ruiz, ingeniero forestal en la Red de Espacios Protegidos de la Junta de Andalucía, que trabaja y reside en Málaga. Se trasladó allí con una beca que logró unos meses después de obtener la licenciatura. Ayer comprobamos que regresó a Málaga en tren. No tenemos nada más.

—Cierto —afirmó el inspector—. Los compañeros de Málaga no han podido hacerme llegar más información, aparte de su domicilio. ¿Qué hay del rubio?

—El rubio es Klaus Hofmann —dijo el otro policía—. Alemán, ejecutivo de una multinacional farmacéutica que tiene un centro de distribución en Sevilla. Reside en un apartamento alquilado en la calle Lope de Rueda, en el barrio de Santa Cruz. Se le ha visto en compañía de ambas Dolores, madre e hija. Se desconoce el tipo de vinculación que pueda tener con la familia.

La conversación fue interrumpida por la melodía del teléfono móvil del inspector. Cuando acabó la conversación, se quedó callado durante unos segundos y con la mirada extraviada a través de la ventana de su despacho sobre el río Guadalquivir. Al cabo de ese tiempo, en el que nadie, ni siquiera su hombre de confianza, osó pronunciar palabra, transmitió a los reunidos la información que acababa de recibir:

—Han encontrado un cuerpo flotando en el Guadalquivir a la altura del puente del Cachorro; parece ser el de Dolores Ruiz. En este momento están haciéndole la autopsia en el Anatómico Forense.

—Era la pieza clave, ¿no es cierto, inspector? —preguntó Pedro.

—Así es —respondió—. Ahora se nos han cerrado los caminos.

—Todavía quedan dos actores en la trama —añadió Lidia, la compañera de Carmen.

—Y si no lo solucionamos pronto, esto acaba como una tragedia griega —agregó Juan, el compañero de Pedro.

—Menos guasa y vamos a trabajar —zanjó el inspector—. Tenemos que conseguir una orden de registro del domicilio de las víctimas. Pedro, ¿te puedes encargar de ello?

—Por supuesto —contestó firmemente.

—Necesito que alguien avise a Rocío, si no lo han hecho ya.

—Lo haré yo —contestó Carmen.

—Mejor yo —interrumpió Lidia—. Aunque no te conozca por la voz, creo conveniente que te mantengas al margen de ella. En cualquier momento podría recordarte después de lo de ayer en la plaza de Doña Elvira.

—Encargaos las dos de Rocío —dijo el inspector—. Mientras Lidia le comunica la noticia, que Carmen averigüe lo que pueda sobre las horas de entrada y salida del hotel. Juan y yo iremos al Anatómico Forense. Lidia, anota: Luis Pérez es el inspector de Málaga y es amigo mío; él te ayudará en la medida que le sea posible.

—De acuerdo, jefe —respondió Lidia.

Tras unos segundos de reflexión, el inspector se dirigió a Pedro casi en una súplica:

—Pedro, por favor, intenta conseguir una autorización para interrogar a Rocío Ruiz. Ya sé que no tenemos argumentos, pero lo necesito. Haz lo que puedas.

—Descuide, jefe. Haré todo lo que esté en mi mano.

Mientras se levantaban para ir a cumplir cada uno con su misión, les interrumpió el inspector.

—¿Cómo es que nadie ha comentado nada sobre las horas extra?

—Ya nos invitará a comer cuando solucionemos el caso —respondió Juan.

—Pues como no lo pague con los fondos reservados no sé de dónde sacar el dinero —contestó el inspector.

—Algún medio habrá —apuntó Carmen—. Vamos, tenemos poco tiempo.

Pasadas algunas horas, estaba el grupo reunido de nuevo en una cafetería cercana al Anatómico Forense. Faltaba Juan, que esperaba los primeros resultados de la autopsia. Pedro comentaba los pormenores de su conversación con el juez de guardia:

—El juez ha autorizado la inspección de la vivienda de las Dolores, pero tiene que estar presente Rocío, como actual propietaria. También se opone a un interrogatorio formal de Rocío; dice que no hay pruebas que la inculpen y tampoco cargos contra ella. Después de mucho argumentar, he conseguido que le puedas hacer unas preguntas en su presencia y que antes le hayas pasado por escrito.

—No es mucho, pero al menos podemos movernos —respondió el inspector—. Haremos el interrogatorio después de ver el piso.

Poco después llegó Juan. Todas las caras se volvieron hacia él con claro signo de interrogación. Él, tranquilo y con aplomo, a sabiendas de que lo que iba a revelar causaría sorpresa, tomó asiento y se llevó a la boca uno de los churros que había en un plato. Fue Carmen, presa de la impaciencia, quien rompió el silencio:

—¿Y bien? ¿Qué hay?

—Un atropello —contestó Juan lacónicamente.

—¿Un atropello? —preguntaron todos, menos el inspector, que permanecía pensativo.

—Los primeros datos de la autopsia de Dolores revelan que sufrió un fuerte traumatismo, o sea, un golpe, y se aprecian varios huesos rotos en el torso y las piernas. Presenta raspaduras en extremidades superiores e inferiores, así como en el resto del cuerpo, y parte de la ropa rasgada. Causa probable: atropello con un automóvil. Ello significa que alguien la tuvo que arrojar al río, probablemente ya muerta. Hora posible de la muerte: las seis de la mañana. El cuerpo se encontró a las ocho y diez. Según un cálculo apresurado, y teniendo en cuenta la corriente del río, es probable que lo arrojaran a la altura del puente del Alamillo.

—¿Cómo ha reaccionado Rocío? —preguntó el inspector.

—Mostró sorpresa cuando le comuniqué la noticia —contestó Lidia— e inmediatamente se interesó por el lugar donde se encontraba. Me dijo que se ponía inmediatamente en camino.

—¿Qué sabemos de las horas de entrada y salida? —preguntó el inspector dirigiéndose a Carmen.

—Ya habían cambiado el turno —respondió la mujer—. El conserje que está ahora la vio entrar alrededor de las siete y media vistiendo ropa deportiva. También me dijo que los otros días la veía entrar a esa hora, pero nunca la vio salir. Parece que suele hacer jogging.

—¿Ha aparecido Klaus?

—Negativo. Y he comprobado que no se encuentra en su domicilio —respondió Pedro.

—Bien —dijo el inspector con tono reflexivo—. No podemos seguir adelante hasta que llegue Rocío. Alguien debería echar un vistazo en el puente del Alamillo y los alrededores. Algo debe haber: huellas de frenada, restos de algún faro roto, algo. Juan y Carmen, ¿por qué no os dais una vuelta por allí?

Sólo habían transcurrido algo más de dos horas cuando llegó un coche blanco de donde descendió Rocío Ruiz. El inspector y Pedro se encontraban en ese momento en la puerta del Anatómico Forense; la vieron llegar y preguntar en recepción.

Los dos hombres se dirigieron hacia ella despacio. No querían abordarla, tan sólo hacer notar su presencia. Sin embargo, ella, informada por el recepcionista, se volvió hacia los dos policías con voz firme.

—¿Tendrían la amabilidad de perdonarme unos minutos? Luego estaré con ustedes.

—Por supuesto, señorita, lo que usted guste. Estaremos aquí —respondieron casi al unísono.

Poco después Juan y Carmen regresaban de su inspección por los alrededores del puente del Alamillo. El inspector, cuando los vio, salió del edificio del instituto para recibir sus impresiones.

—Nada —dijo Juan—. Bueno, casi nada.

—No hay rastro de cristales rotos o algo parecido en un tramo de unos dos kilómetros, tanto a un lado como al otro del puente —corroboró Carmen.

—¿Y el «casi» a qué se refiere? —preguntó el inspector.

—Bien —se adelantó Carmen—. Hemos visto unas rodaduras junto a la calzada que se dirigen hacia el puente y bajan hasta el cauce del río. Las huellas discurren fuera del firme, por la parte arenosa, y podrían ser recientes, aunque es muy difícil de afirmar.

—¿Podrían corresponderse con un turismo?

—No creo; la distancia entre las huellas es grande y en algunos tramos blandos se hunden en el suelo. Yo diría que se trata de un todoterreno.

—Ese turismo blanco, el Toyota, es el que ha utilizado Rocío para venir. Observadlo con detalle.

En ese momento se acercó Pedro para avisar sobre el regreso de Rocío.

—Inspector, ya viene.

—Gracias, Pedro. Iré ahora mismo a hablar con ella —contestó el inspector—. Aléjala de la puerta. Vosotros convertíos en la sombra de Rocío mientras esté en Sevilla. También hay que averiguar dónde está Klaus y seguirle. A cualquier novedad me avisáis en el móvil.

—Es raro —comentó Juan.

—¿El qué?

—Que hace un par de días viniese en tren y ahora utilice el coche.

—Sí, es raro —dijo el inspector.

Con paso decidido regresó al vestíbulo del Anatómico Forense para encontrarse con Rocío Ruiz.

—Buenos días —se presentó—. Me llamo Daniel González y soy el inspector encargado de la investigación, tanto de esta como de la de su madre.

—Buenos días —respondió ella—. ¿Se sabe algo sobre lo que le pasó a mi hermana? Y, respecto a mi madre, creía que había sido un suicidio.

—Bien. Parece ser que su hermana ha sido atropellada y luego arrojada al río. Si se confirma esta hipótesis, será difícil encontrar al responsable, pero tenga la certeza de que haremos todo lo que esté en nuestra mano. Prefiero serle sincero. Por lo que respecta a su madre, es cierto que lo más probable sea el suicidio, pero aún no se han descartado otras posibilidades

—Por favor, señor inspector —respondió Rocío alterada—, deje de perder el tiempo y encuentre a quien atropelló a mi hermana. ¿Es que no se da cuenta de que indirectamente está acusando a mi hermana del asesinato de su madre?

—Me hago cargo, señorita, pero soy policía y no puedo descartar ninguna posibilidad *a priori*. Y, por otra parte, aún no estoy acusando a nadie ni tengo sospechosos.

—Discúlpeme, estoy alterada. He perdido a mi familia en dos días. No sé lo que digo.

—Comprendo la situación y no tiene por qué disculparse. Una cosa más y la dejo tranquila. Me han autorizado a inspeccionar la vivienda de su madre y su hermana; usted, como actual propietaria, ha de estar presente. ¿A qué hora prefiere acudir?

—No lo sé. Sugiérame usted.

—¿Le parece bien al mediodía?

—Me parece bien. A las doce estaré allí.

—¿Hay alguna cosa que pueda hacer por usted?

—Sí, por favor. Si hay alguna investigación, quisiera disponer de la asistencia de un abogado.

—Pediré al juez de guardia que le asigne uno del turno de oficio y también le pediré que su abogado esté presente en la inspección del mediodía.

—Muchas gracias —respondió Rocío.

—Hasta luego.

Rocío llegó a la hora acordada. El inspector, junto con el abogado y dos policías uniformados, esperaba en el portal desde unos minutos antes.

—Tiene usted un coche precioso —comentó el inspector.

—Gracias. Es un modelo muy manejable —respondió Rocío.

—Me imaginaba que, por su trabajo en el campo, conduciría usted un todoterreno.

—En el trabajo utilizo los vehículos del RENPA, ya sabe, la Red de Espacios Protegidos de la Junta. Alguna vez he tenido que llevar un cuatro por cuatro, pero no me acostumbro a ellos.

—Le presento a don Damián Martínez, es el letrado asignado por el turno de oficio. Si desean comentar alguna cosa antes de subir al piso, yo me retiraré unos minutos.

—No es necesario, al menos de momento —dijo Rocío—. Pero me gustaría conocer los términos del registro.

—No es un registro —se adelantó el abogado—. Es una inspección ocular.

—¿Qué significa eso? —preguntó Rocío.

—El inspector tiene derecho a entrar en el domicilio y observarlo. No puede acceder ni abrir lugares donde se guarden objetos personales ni llevarse ningún objeto personal sin su autorización.

—Comprendido. Muchas gracias por su aclaración. Bueno, subamos.

—Antes de nada —interrumpió el inspector—, estos son los efectos personales que Dolores tenía consigo cuando la encontraron. No llevaba ninguna llave y, ante la eventualidad de que usted no tenga una, me he permitido traer un cerrajero.

—Parece que usted piensa en todo, ¿no es así, señor González? —dijo Rocío.

—Es sólo parte de mi trabajo.

—Espero que sea igual de eficaz en el resto —respondió con sarcasmo.

—Procuro serlo.

—Está bien —dijo Rocío—. Acabemos con esto cuanto antes. No tengo llave del piso, así que procuren no hacer mucho destrozo.

El cerrajero fue sumamente hábil. Valiéndose de una tarjeta de crédito caducada y una ganzúa abrió la puerta en cuestión de segundos. El inspector, ante el asombro de Rocío, tuvo que aclarar:

—No se preocupen. Rafael trabaja habitualmente con nosotros y está completamente reinsertado en la sociedad.

El cerrajero, tras hacer un gesto de condescendencia hacia los presentes, se despidió de ellos y se alejó escaleras abajo.

El piso se encontraba perfectamente ordenado, salvo el dormitorio de Dolores Ruiz, que tenía la cama como si acabara de levantarse. En la cocina había unas tazas en el fregadero que esperaban su lavado antes de ser colocadas en el correspondiente armario; también otra con restos de un posible consomé sobre la encimera.

El inspector González observó con cuidado cuantos objetos estaban a la vista. Solicitó permiso para abrir un par de armarios y Rocío no puso objeciones. Todo estaba en orden. En la cocina tampoco había nada anormal a primera vista; sin embargo, cuando miró en el cubo de la basura, algo llamó su atención. Era una rama de laurel descortezada. «Curioso —pensó el inspector—. Parece ser que Dolores se dedicaba a juguetear con el laurel comunitario».

—Disculpe —se dirigió el inspector a Rocío—. Supongo que no tendrá inconveniente en que me lleve esta rama de la basura.

—No sé para qué le puede servir, pero si mi cliente no pone objeciones… —se adelantó el abogado.

Rocío, tras meditar durante unos segundos su respuesta, asintió:

—Si usted piensa que puede ser un elemento esclarecedor, proceda.

Ordenó a uno de los agentes uniformados que recogiera la rama de laurel y la llevase a su despacho. Poco después abandonaban el piso, no sin antes proceder al precintado del mismo, ya que el sumario del caso aún estaba abierto.

—¿Me necesita para algo más, inspector? —preguntó Rocío mientras los agentes uniformados precintaban el piso de las fallecidas.

—Sí, por supuesto. Sé que esto puede serle especialmente incómodo en estos momentos, pero necesito hacerle unas preguntas. Es mero formulismo. No tiene por qué ser hoy mismo, pero pienso que cuanto antes lo hagamos será mejor para ambos.

Rocío dirigió una mirada al abogado, quien, comprendiendo la desorientación de su cliente, le informó:

—Tiene razón. No se puede cerrar el sumario sin que haya una declaración de las personas allegadas. Sugiero que sea mañana a primera hora de la tarde. —Después, dirigiéndose al inspector, añadió—: Tenga en cuenta que aún no he podido intercambiar unas palabras con mi cliente.

—Por supuesto. No tengo inconveniente ni una especial inquietud.

—De acuerdo —añadió Rocío—. Mañana al mediodía en su despacho. Si no me necesita por hoy, preferiría mantener una conversación con el señor Martínez.

—No, no quiero molestarla más por hoy. Muchas gracias por su colaboración.

—Hasta mañana, señor inspector.

De regreso en su despacho, el inspector González repasaba la situación con sus colaboradores. Fue entonces cuando Carmen comentó:

—Creo que tenemos ante nuestros ojos el arma que mató a Dolores Muñoz.

—¿Qué dices? —preguntó Pedro.

—Sí —contestó Carmen—. El informe de la autopsia dice que la causa de la muerte de Dolores Muñoz fue envenenamiento con cianuro. Esta rama de laurel descortezada y con el tallo machacado es de la variedad *Laurus regius,* una variedad muy utilizada en jardinería, pero cuyas hojas no se utilizan para condimentar los alimentos. La variedad de laurel que se utiliza en la cocina es la del *Laurus nobilis.*

—Si esto es cierto —añadió el inspector—, mañana nos lo confirmarán los del laboratorio. ¿Por qué no nos aclara Carmen esto durante la comida?

—¿Paga la Jefatura? —preguntó Juan.

—Sí, pero sólo el menú del día. No tenemos presupuesto.

Durante la comida, Carmen explicó que en la carrera hizo un curso sobre plantas tóxicas. En ese curso tuvo la oportunidad de aprender que varias plantas muy utilizadas en jardinería por su aspecto y belleza son muy tóxicas por el veneno que contienen, como ocurre con la adelfa y también con el laurel. Sin embargo, hay dos variedades de laurel: el *Laurus nobilis* o laurel dulce, cuyas hojas se utilizan para condimentar alimentos sin ningún riesgo, y el *Laurus regius* o laurel cerezo, en el que la madera de los tallos y la corteza contienen grandes de dosis de ácido cianhídrico; sin embargo, por destilación de sus hojas se obtiene el agua de lauroceraso, que tiene propiedades medicinales y se emplea contra los vómitos y como sedante y antiespasmódico.

—Si tu teoría es cierta —dijo el inspector—, tenemos dos preguntas que responder: cómo y por qué.

—El cómo es fácil —prosiguió Carmen—. El ácido cianhídrico es soluble en agua. Bastaría con que alguien le hubiera preparado a Dolores una simple sopa o un consomé cuya agua previamente hubiera sido tratada con la rama del laurel para que hubiera tenido la denominada «muerte dulce». A la otra pregunta no puedo responder; ni siquiera tengo una teoría.

—En la cocina del piso vi una taza que parecía tener restos de un caldo; aún estaba sin fregar —dijo el inspector.

—Si pudiéramos hacernos con ella, es posible que el laboratorio descubra algo interesante.

—Sí, pero de momento no podemos hacer nada sin presentarle a juez indicios claros —concluyó el inspector—. Vamos a hacer una cosa: Carmen y yo haremos una visita a la finca del piso de Dolores. Hay que averiguar si alguno de los vecinos frecuentaba el piso de Dolores. Pedro se irá mañana a primera hora a Málaga para ver los coches del RENPA, Juan va a investigar en los talleres de chapa y Lidia tratará de sacar algo del Hotel Esmeralda y de localizar a Klaus. Necesito tener algo para mañana antes de hablar con Rocío.

El inspector y Carmen se dirigieron al domicilio de Dolores después de la comida. La puerta del piso mantenía intacto el precinto policial. Intercambiaron unas palabras con los vecinos, quienes mostraban una mezcla de curiosidad morbosa y pesadumbre por la tragedia acaecida a la familia.

El inspector, valiéndose de una conversación banal, trató de obtener alguna información adicional en relación con los hábitos de Dolores Muñoz. Lo que quedó claro fue que, después de enviudar, rehízo su vida social y se dedicó a disfrutarla: reuniones, salidas, etc. El novio de la hija era asiduo en la casa, un alemán distinguido y muy educado, a quien reconocieron cuando el inspector mostró la foto de Klaus Hofmann. Por lo demás, eran una familia cordial y excelentes vecinos.

Por otra parte, los escasos vecinos del inmueble parecían apreciar a las dos mujeres. Todos se mostraban consternados y dolidos por la pérdida de ambas y su actitud concordaba con las investigaciones que se habían realizado en el barrio.

Cuando el inspector preguntó por la salud de Dolores Muñoz durante los últimos días y si alguno de los vecinos frecuentaba visitas a la fallecida, nadie aportó una respuesta positiva. Todos coincidieron en afirmar que su estado de salud siempre fue bueno y prueba de ello eran sus frecuentes salidas, incluso hasta altas horas de la noche. Tampoco había indicios que pudieran apuntar a algún vecino como posible sospechoso debido a que realizara frecuentes visitas al piso de Dolores.

Luego, en el patio, Carmen confirmó que el laurel del macetero era de la variedad *Laurus regius* y también pudieron comprobar que alguien había arrancado una nueva rama no hacía mucho tiempo, pues aún estaba fresca la herida producida en la corteza del tronco.

Sólo les quedó clara una cosa: alguien tenía manía al laurel, o quizá un especial aprecio, según las intenciones.

LUNES, 09:30 HORAS

Al día siguiente, desde primera hora, el inspector esperaba alguna noticia de su equipo antes de encontrarse con Rocío Ruiz. Mientras tanto, en una reunión con el juez encargado del sumario, le ponía al corriente de sus averiguaciones.

—Así pues —dijo el juez—, usted cree que Dolores Muñoz fue envenenada con una infusión realizada a partir de la rama de laurel que encontró en la basura, la cual procede de la planta que hay en el patio.

—Así es, creo que es un indicio suficiente para considerar la hipótesis del homicidio.

—No vaya tan rápido —interrumpió el juez—. La infusión podría habérsela preparado la misma Dolores Muñoz.

—O Klaus Hofmann o algún vecino. O incluso, por qué no, su propia hija…

—¿Y el móvil?

—Es lo que estoy tratando de averiguar.

Durante la conversación sonó el teléfono móvil del inspector. Al otro lado, Lidia informaba de que Klaus estaba en Múnich, en una reunión de trabajo de su empresa. Había salido de Sevilla la noche del sábado en el AVE hacia Madrid. Por otra parte, Rocío parecía haber roto sus costumbres de días atrás y no había salido del Hotel Esmeralda.

Con la decepción en el semblante, informó al juez.

—¿Se da cuenta, inspector, de que no tenemos nada? Y cuando no se tiene nada, hay que aplicar la presunción de inocencia. Lo dice la Constitución.

—Es cierto en este momento, pero hay indicios. Aquí hay algo raro. Se lo dije hace unos días: yo no me creo que una mujer, tras haber superado la depresión de la viudez, que tiene una vida social activa, que sale y se divierte… Yo no me creo que una persona que se cuida y disfruta la vida sea capaz de suicidarse.

—De acuerdo. Puede que tenga razón, pero sólo puede. Mantendré abierto el sumario un par de semanas más, hasta que me presente algo tangible o se convenza usted mismo.

—Gracias.

—¿Y del atropello de Dolores Ruiz?

—Creo que si aclaramos el caso del envenenamiento tendremos solucionado este.

—¿Piensa que hay relación?

—Sí, quizás eliminación de testigo.

—¿Y por qué no un atropello casual? Sábado noche, conductor con unas copas de más, circulación a velocidad excesiva… Se produce el accidente y el conductor se asusta, recoge el cuerpo, Dolores ya ha fallecido y, para ocultar el accidente, se deshace del cadáver arrojándolo al río a varios kilómetros de distancia del atropello.

—Ya estoy investigando los talleres de chapa de la ciudad. Si eso es cierto, tendremos un sospechoso dentro de unos días, pero es mucha casualidad que sea precisamente Dolores Ruiz y ahora.

—Puedo emitir una orden por si el conductor acude a un taller de otra localidad.

—Sería muy útil. Así podríamos contar con la colaboración de la Guardia Civil. Y, si no le importa, podría incluir también la provincia de Málaga.

—No me diga que sospecha de Rocío.

—No exactamente. Es una intuición. Ya le digo que pienso que ambos casos están relacionados.

—De acuerdo, le haré el favor, pero pienso que haremos trabajar en vano a la Comandancia de Málaga.

—Si quiere que le sea sincero, yo creo que también vamos a hacer trabajar en vano a la Comandancia de Sevilla, pero no puedo descartar ninguna posibilidad.

—Aunque no entiendo su línea de investigación, en este punto tengo que estar de acuerdo con usted.

—Pues ya que empezamos a coincidir voy a dar unas instrucciones.

El inspector descolgó su teléfono y llamó a Carmen.

—Hola, Carmen. ¿Tienes algo del laboratorio?

—Sí. Han confirmado que es el *Laurus regius* y que tiene un alto contenido en ácido cianhídrico. También dicen que, por el estado de la muestra, tuvo que haber sido arrancada en la tarde-noche del pasado jueves.

—Gracias. Haz que me traigan el informe lo antes posible. Ahora tengo un encargo nuevo. Indaga en fichero de la Dirección General de Tráfico los vehículos que puedan estar a nombre de Klaus Hofmann y de Rocío Ruiz Muñoz. También investiga si alguno de ellos ha alquilado recientemente algún coche y, de ser así, en qué estado lo devolvieron. Otra cosa, Rocío está a punto de llegar; no quiero que te vea.

—¿Ahora la policía se oculta de los ciudadanos? —preguntó el juez

—No. Carmen y Pedro estuvieron vigilando a Klaus y Rocío la tarde del sábado. Hubo un momento en el que pudieron ser detectados y no quiero «quemar» a Carmen. Es una mujer muy inteligente y muy válida.

Un policía uniformado interrumpió la conversación para anunciar que Rocío Ruiz y Damián Martínez preguntaban por el inspector. Este los recibió en su despacho sin demora.

—Buenos días, señorita, y gracias por venir. Le recuerdo que esto es sólo un mero trámite para poder cerrar el expediente y procuraré no importunarla más de lo que me obligan las normas. Le presento al juez encargado del sumario.

—Buenos días —respondieron los recién llegados.

—Bien —dijo el inspector—, usted me dijo que es ingeniero forestal y ejerce como tal en Málaga. ¿Podría reconocer esta hoja?

Rocío tomó la hoja seca de laurel que le ofreció el inspector y, tras observarla con detenimiento y oler su aroma, afirmó:

—Se trata de una hoja de laurel. Por el escaso aroma que tiene, yo diría que es de la variedad de laurel cerezo. Una planta muy utilizada en jardinería.

—¿Conoce la toxicidad de esta planta?

—En efecto. Es una planta que suele tener un cierto índice de ácido cianhídrico, una sustancia tóxica que puede ocasionar importantes molestias en determinadas dosis.

—¿Incluso la muerte? —preguntó el inspector.

—Podría darse el caso.

—Esta hoja pertenece a la rama que cogí ayer de la basura en el domicilio de su madre. El pasado viernes pude observar que alguien había arrancado recientemente una rama del laurel que hay en el patio comunitario de su domicilio. ¿Le consta a usted que se llevase mal con alguno de los vecinos?

—En absoluto. Conozco a todos ellos desde que era niña. Siempre nos llevamos bien; éramos, y creo que sigue siendo así, una pequeña comunidad bien avenida.

—¿Cómo se llevaba usted con su hermana?

—Puede negarse a responder esta pregunta —se adelantó el abogado—. No creo que ello sea importante para el caso.

—Sólo lo preguntaba porque el viernes por la tarde estuve a punto de llamar a la puerta del domicilio de Dolores y pude oír una discusión entre ambas hermanas; aunque, también es cierto, no pude entender lo que decían.

—Es cierto —dijo Rocío—. Ese día discutimos mi hermana y yo, pero ello no significa que nos llevásemos mal. Como mi madre murió durante la noche, mientras mi hermana estaba fuera de casa, la hice responsable de haberla dejado morir sola. Le dije que, si ella hubiera estado en casa, podría haber evitado su fallecimiento. Fui presa de los nervios y de la excitación del momento y hoy me arrepiento de ello; de alguna manera, me siento responsable de la muerte de mi hermana.

—No necesita justificarse. Lo entiendo perfectamente. No quiero molestarla más y le agradezco su colaboración.

—Espero haberle sido de ayuda, inspector.

—Le mantendré al corriente de los avances en las investigaciones. Les acompaño a ambos hacia la salida.

—Se lo agradezco.

Mientras caminaban por los pasillos de la Jefatura de Policía, el inspector comenzó una conversación trivial y distendida:

—No sabe cómo envidio su vida —añadió el inspector—. La tranquilidad del campo, la vida al aire libre, deportes… ¿Qué deporte practica, señorita Ruiz?

—La verdad es que no suelo practicar deporte alguno. Me basta con mi trabajo, ya sabe: largas caminatas por el campo, en más de una ocasión he tenido que gatear por un árbol para limpiarlo de ramas enfermas… Resumiendo, que gracias a ello no tengo necesidad ni tiempo de hacer deporte alguno con regularidad.

—¿Ni siquiera jogging matinal? —preguntó el inspector.

—Le confieso una cosa, pero no lo incorpore al proceso: soy muy dormilona —respondió con aire desenfadado.

Ya en la puerta de la calle, el inspector y el juez se despidieron de Rocío y su abogado.

—Nuevamente, muchas gracias por venir.

—Por favor, manténgame al corriente.

—Lo haré, se lo prometo —aseguró el inspector—. Adiós.

Luego, volviéndose al juez, le dijo:

—¿Se ha dado cuenta?

—¿A qué se refiere? —preguntó el juez.

—Es una mujer muy lista y oculta algo. Ha dicho que no practica deporte alguno y, sin embargo, durante el tiempo que estuvo en el Hotel Esmeralda todos los días, de madrugada, salía vistiendo ropa deportiva y regresaba a las siete y media, después del cambio del personal de recepción.

—¿Cómo es que se hospedó en un hotel? —preguntó el juez.

—Alegó razones de tipo anímico. Dijo que no podía estar allí, en el piso, habiendo fallecido su madre sólo horas antes.

—Después de lo que he oído, ¿sospecha usted de ella?

—No me atrevo a ello mientras no tenga claras las circunstancias de Dolores Muñoz.

—Siga adelante, me está convenciendo; poco a poco, pero me está convenciendo.

Cuando regresó a su despacho, Lidia estaba esperándole. Había conseguido el número del teléfono móvil de Klaus Hofmann.

—Estupendo —dijo el inspector—. Veamos si podemos sacar algo.

Inmediatamente procedió a marcar el número y esperó respuesta.

—Buenos días, señor Hofmann —dijo cuando contestaron al otro lado de la línea—. Disculpe que le moleste. Me llamo Daniel González y soy el inspector encargado de la investigación de la muerte de Dolores Muñoz. ¿Dispone de unos minutos, por favor?

—Buenos días —respondió Klaus—. Sí, podemos hablar. Acabo de terminar en una reunión y pensaba salir a comer.

—Si usted prefiere que le llame más tarde…

—No se preocupe. No hay ningún problema.

—Nuevamente, disculpe la molestia. El juez encargado del sumario desea cerrarlo lo antes posible y, por otra parte, yo quisiera aclarar unos flecos que están pendientes.

—Entiendo. Pregunte lo que desee.

—Muchas gracias. ¿De cuándo data su relación con la familia?

—Hace ya tiempo de eso —relató Klaus—. Primero conocí a Rocío cuando yo trabajaba en Madrid. Ella hizo un curso sobre plantas medicinales mientras cursaba los últimos años de su formación universitaria y mi empresa le facilitó una beca por unos meses para completar, mediante la práctica, la formación adquirida. Yo era su tutor.

—Continúe, por favor.

—Yo no llevaba mucho tiempo en España y había oído hablar de Sevilla. Ella se ofreció a enseñarme la ciudad. Fuimos un fin de semana y me presentó a su familia. Su madre había enviudado recientemente y estaba muy deprimida por entonces. La ciudad me sedujo; por ello, cuando mi empresa abrió la delegación y el centro de distribución en Sevilla, pedí el traslado. De eso hace ya unos tres años y pico, quizás cuatro.

—¿Y luego?

—Las únicas personas que conocía en Sevilla eran Rocío, su madre y su hermana. Ellas me ayudaron a instalarme en la ciudad. Luego Rocío aprobó una oposición para la Junta de Andalucía, algo de parques naturales, creo, y se trasladó a Málaga. Entonces yo empecé a salir con frecuencia con su hermana Dolores. Nuestra relación fue normal hasta que se introdujo su madre.

—Curioso. ¿Podría aclararme esto?

—Su madre estaba ligeramente depresiva a causa de su viudez. Cuando supo de mis aficiones culturales y de mis gustos por la música clásica, comenzó a intimar conmigo. Al principio no le di mayor importancia e incluso Dolores me animó en más de una ocasión a que la acompañase a algún concierto. Ello provocó en su madre una especie de segunda juventud que la sacó de su estado depresivo y me sumió en una situación difícil de sostener.

—¿Qué opinaba Dolores hija?

—No llegó a conocer la profundidad de esta relación hasta hace un par de semanas, cuando se lo confesé todo. Debido a su horario profesional, durante los días laborables salía con su madre y los fines de semana con ella. Sin embargo, yo amo a Dolores, Dolores Ruiz, pero el acoso de su madre impedía normalizar nuestra relación.

—¿Se sintió usted acosado?

—Al principio no. Incluso consideraba que mi compañía le resultaba beneficiosa para volver a disfrutar de la vida. Luego, cuando noté que todo estaba complicándose y quise alejarme de ella, me sentí acosado, incluso llegó a hacerme sutiles amenazas.

—¿Hasta qué niveles llegó esa relación?

—Si me pregunta que si hubo sexo, la respuesta es sí.

—Entiendo, no incidiré más en este punto. ¿Consiguió salir de esta tesitura?

—Con la madre era imposible tratar este asunto, por lo que hablé con la hija. Decidí que lo mejor sería que dejáramos de vernos durante una temporada. Tenía la esperanza de que su madre se olvidara de mí y, después de algún tiempo, podríamos reanudar nuestra relación. Fui sincero con ella, aunque evité aportar detalles.

—¿Cómo se lo tomó ella?

—Dolores es una mujer inteligente pero pasional. Creo que comprendió o intuyó mi relación con su madre. No sé qué comentarían ellas cuando estuviesen a solas en su domicilio, pero creo que Dolores sospechaba algo desde hace algún tiempo. Se tomó mal mi decisión, muy mal. Me dijo que yo no había sido sincero con ella, que la había engañado, pero que la responsable era su madre; me dijo que primero se encargaría de aclarar todo con su madre y que luego iría a por mí.

—¿Sabe que Dolores Ruiz ha fallecido?

—¿Qué? ¡No es posible!

—Lo siento, pero así es. Dolores fue atropellada la noche del sábado y después fue arrojada al río Guadalquivir.

—¡Dios mío!

—Usted se reunió la tarde del viernes con Rocío Ruiz y estuvieron juntos casi toda la tarde. ¿Me puede decir de qué hablaron?

—Rocío me llamó tan pronto como conoció el fallecimiento de su madre. Fue entonces cuando recordé el comentario de Dolores respecto a que se encargaría de su madre. Le dije que necesitaba verla porque quería comentarle algunas cosas y quedamos en vernos después del entierro. Ella desconocía lo de nuestro triángulo, por llamarlo de alguna manera. Cuando se lo dije quedó muy sorprendida.

—¿Cómo fue su reacción exactamente?

—Como le he dicho, muy sorprendida. Llegó a pensar que Dolores había facilitado el veneno de su madre.

—Usted tiene formación en plantas medicinales.

—Así es.

—¿Conoce la variedad de laurel que hay en el patio de la vivienda de Dolores?

—Sí. Es un *Laurus regius*; es una planta tóxica.

—Hemos encontrado una rama de ese árbol en el domicilio de Dolores. Sólo una pregunta y no le molesto más: ¿por qué quedó en verse con Rocío en el Parque de María Luisa en lugar de acudir a la estación de Santa Justa?

—Rocío vino en automóvil.

—¿No utilizó el ferrocarril?

—Estuvo a punto de hacerlo, porque tenía su coche en el taller, pero finalmente utilizó uno de los coches de la Junta, un todoterreno que usa habitualmente en su trabajo.

—Muchas gracias por su tiempo, señor Hofmann.

—*Danke*. Mañana regresaré a España; si me necesita otra vez, no dude en llamarme.

—Descuide. Gracias por su colaboración.

La revelación de Klaus daba un giro importante a toda la investigación y aclaraba muchas cosas. Además, era poco probable que mintiese, puesto que desconocía la muerte de Dolores Ruiz. Inmediatamente llamó a Pedro, quien ya debería haberse puesto en contacto con él.

—Pedro, ¿qué pasó? ¿Has podido averiguar algo?

—He tenido un problema con el coche. Ahora estoy llegando a Málaga.

—Bien. Ha habido novedades importantes. Rocío vino al entierro de su madre en uno de los coches de la Red de Espacios Naturales, un todoterreno.

—Entonces cuando la vimos subir al tren fue una maniobra de despiste.

—Eso parece. Yo salgo ahora para Málaga. Nos vemos en la oficina del inspector Luis Pérez; ya sabes, mi amigo.

—De acuerdo.

Alrededor de las seis de la tarde, los dos inspectores y Pedro Santaolalla comentaban los últimos detalles del caso.

—He confirmado la versión de Klaus —dijo Pedro—. Rocío utilizó uno de los automóviles del RENPA para acudir al entierro de su madre. Es un coche que usa con frecuencia y que ha dejado lleno de barro en el frontal. No se aprecia ningún tipo de abolladura, lo cual parece lógico por las fuertes defensas que tiene. Pienso que habría que proceder a una segunda autopsia para demostrar que las lesiones las produjo ese automóvil.

—Con independencia de ello —añadió el inspector González—, lo cierto es que Rocío mintió deliberadamente y tenemos que hacerle una visita. Confirmaré si aún sigue en Sevilla. ¿Nos acompañas, Luis?

—Con mucho gusto —afirmó el inspector Pérez—. Al fin y al cabo, estáis en mi zona.

Juan le confirmó al inspector que Rocío había dado instrucciones para incinerar el cuerpo de su hermana y que parecía haber salido hacia Málaga, por lo que acordaron acudir a su domicilio el día siguiente a primera hora.

MARTES, 09:30 HORAS (MÁLAGA)

Rocío vivía en un apartamento a las afueras de Málaga, hacia los antiguos Baños del Carmen.

Ella no pareció muy sorprendida cuando, al abrir la puerta, se encontró ante el inspector González.

—Por favor, pasen —dijo amablemente—. Pasen y acomódense. Estoy terminando mi desayuno. ¿Desean tomar algo?

—No, muchas gracias —contestó el inspector—. Sólo deseamos hacerle un par de preguntas

—Como gusten —respondió Rocío—. ¿Les importa que me prepare una taza de té?

—En absoluto.

Poco después, Rocío Ruiz estaba sentada en el salón de su apartamento frente a los tres policías.

—Hemos hablado con Klaus Hofmann —comenzó el inspector González— y nos ha asegurado que usted viajó el viernes a Sevilla en uno de los coches del RENPA. Sin embargo, usted misma me aseguró que prefería el tren; es más, añadió que no se acostumbraba a los automóviles cuatro por cuatro.

Rocío tomó un largo sorbo de su taza de té y, tras unos segundos de silencio, respondió:

—Lo que les haya dicho Klaus seguramente será cierto. Él no suele mentir. Pero seguramente su relato está incompleto. Señor González, usted me preguntó acertadamente sobre la relación que tenía con mi hermana. Era una relación fría y distante desde que ella empezó a salir con Klaus. Yo presenté a Klaus a mi familia, yo empecé a salir con él, yo estaba enamorada de él hasta que mi hermana se interpuso. Sí, mi hermana me quitó el novio. Por eso, cuando aprobé la oposición para la Junta de Andalucía solicité plaza en Málaga en lugar de hacerlo en Sevilla. Conocía algo de la relación de Klaus con mi madre, ella misma me contó algunas cosas, aunque desconocía su alcance hasta que el viernes, después de enterrar a mi madre, Klaus me lo contó todo, incluso los detalles. De alguna manera, se siente responsable de la muerte de mi madre. Él cree la versión del suicidio, pero yo sabía que no era así. Conocía bien a mi hermana, su carácter pasional y posesivo. Cuando vi la rama de laurel en la cocina y la reconocí, supe que ella había envenenado a mi madre y discutimos. Durante la discusión, esa que usted no pudo oír claramente, me confesó la autoría.

Mientras Rocío hablaba, aprovechaba para dar largos sorbos a su taza de té. Estaba tranquila, relajada. Estaba realizando una confesión en toda regla sin preocuparse de las consecuencias.

—Fue en la plaza de Doña Elvira donde me percaté de que alguien nos estaba vigilando. Fue el vestido de ella. Me fijé en Parque de María Luisa porque me gustó el vestido que llevaba y luego volví a verlo en la plaza. Ya sabe, las mujeres solemos fijarnos en cómo van arregladas otras mujeres. Cuando me despedí de Klaus ya había tomado una decisión y, para asegurarme, simulé el regreso a Málaga. Tomé el tren y me bajé en Dos Hermanas; allí cogí un taxi y regresé a Sevilla. Dolores tenía ese día turno de noche en el centro de atención al cliente. Cogí el coche, el cuatro por cuatro del RENPA, y esperé a que saliera de la oficina. El resto ya lo conocen.

—¿Por qué actuó así en lugar de poner en nuestro conocimiento sus sospechas?

Rocío, con la voz adormecida, respondió:

—Mi padre siempre nos enseñó que los trapos sucios se lavan en casa.

El inspector González, como un resorte, se levantó de su asiento y se dirigió hacia Dolores. Le tomó el pulso en el cuello y notó que era muy débil. Después se dirigió a la cocina del apartamento, donde se topó con una rama de laurel descortezada y con el tallo machacado.

Cuando regresó al salón, Rocío Ruiz había dejado de respirar.

Todo se había aclarado y no había nadie a quien encausar. Tras regresar a su despacho, pasó el día cumplimentando el informe para cerrar la investigación, así como para que el juez también cerrara el sumario. Había sido un caso atípico y triste, de esos que dejan mal sabor de boca, incluso a alguien tan curtido como él mismo.

Esa noche, el inspector González dio un paseo por el barrio de Santa Cruz. Iba solo y caminaba despacio para impregnarse de la paz y la tranquilidad que emanaban las estrechas calles. Llegó a la plaza de Doña Elvira y se sentó para disfrutar de una refrescante cerveza. Mientras, en el fondo de un restaurante, alguien cantaba unas coplas con profundo sentimiento:

Sevilla tuvo que ser, con su lunita plateada,
testigo de nuestro amor bajo la noche callada.
Y nos quisimos tú y yo con un amor sin pecado,
pero el destino ha querido que vivamos separados.

Al oír la tonadilla pensó: «Sevilla es mucha Sevilla y hay que digerirla poco a poco, muy despacio, para que no produzca empacho. De lo contrario, puede pasar cualquier cosa».

Explosiones, móviles e Internet

Ese día la ciudad de Sevilla se despertó sobresaltada. Hacia las ocho de la mañana de un día de abril de 2011, y faltando pocos días para empezar la feria, cinco explosivos colocados en diferentes lugares de la ciudad hicieron explosión de forma simultánea. No fueron explosivos potentes, pero sí suficientes como para causar importantes destrozos en el mobiliario urbano, junto con la consiguiente alarma social.

Unos minutos después, los noticieros de radio, televisión e Internet daban cuenta de unas declaraciones del ministro del Interior en las que hacía responsable a la banda terrorista ETA de la colocación de los artefactos.

Al mismo tiempo que el ministro comparecía en Madrid ante la prensa, el inspector González se reunía en el Ayuntamiento de Sevilla con la alcaldesa, el concejal encargado de la seguridad ciudadana y los responsables de la Policía Local.

—Señor González —dijo el concejal—, le hemos invitado a esta reunión con el fin de coordinar las investigaciones que conduzcan al apresamiento de los terroristas que han colocado estos artefactos.

—Muchas gracias por su invitación —dijo el inspector—. Me parece una medida prudente coordinar todos los esfuerzos posibles.

—La verdad —prosiguió el concejal—, es su fama en la Jefatura Provincial lo que nos ha hecho pensar en usted; especialmente a la alcaldesa, que es quien ha sugerido su nombre. Queremos que sea usted quien coordine las investigaciones.

—De acuerdo. Pongámonos a trabajar. ¿Han recibido algún tipo de reivindicación?

—Efectivamente —dijo el concejal—. La alcaldesa y todos los concejales hemos recibido un correo electrónico en donde un autodenominado grupo ecologista reivindica suelo para la construcción de viviendas baratas o, en su defecto, una suma importante de dinero para poder adquirirlas.

—¿Se ha identificado la procedencia de los mensajes?

—Según nuestros técnicos en informática, proceden de un servidor gratuito localizado en Argentina.

—Una maniobra de despiste que encubre un mero chantaje —afirmó el inspector.

—En eso coincidimos todos —añadió el jefe de la Policía Local.

—¿Han identificado los artificieros el explosivo y su mecanismo?

—Aún no, todavía están trabajando en ello, pero dicen que parece ser un artefacto muy simple. Están tratando de averiguar cómo han podido sincronizar las explosiones en lugares distantes.

—Bien —dijo el inspector—. Si mi intuición no me falla, creo que los compañeros de Valencia ya han resuelto el robo de hace unas semanas en un taller de pirotecnia.

—Tenemos que aclarar esto cuanto antes —afirmó el concejal—. Dentro de unos días empezará la Feria de Abril y supongo que se hará cargo del importante quebranto que esto les ocasionará a muchos empresarios de la ciudad.

—Soy consciente de ello —respondió tranquilamente el inspector—, pero debemos actuar sin precipitación. En mi opinión, la inculpación hacia ETA que ha realizado el ministro del

Interior nos favorece. Debemos hacer creer a los autores que estamos despistados. En la calle hay que evidenciar normalidad, pero eso no quiere decir que nos quedemos quietos.

Luego, dirigiéndose al jefe de la Policía Local, le dijo:

—Saque usted a todos sus hombres a la calle, pero sin uniforme. Vístalos de vagabundos, de turistas, de capuchinos…, de lo que quiera, pero que no se note que son policías. Miren las papeleras, los contenedores de basura; en definitiva, peinen las calles. Hay que encontrar los siguientes explosivos antes de que estallen.

—¿Piensa que habrá más?

—¿Acaso lo duda, señor concejal?

—Comparto la opinión del inspector —intervino el jefe de la Policía Local—. Pero hay un problema, no tenemos suficiente personal en la calle. Muchos de los agentes están dedicados a tareas administrativas.

—El Cuerpo Nacional de Policía puede aportar algunos efectivos, pero ustedes verán si prefieren solucionar esto cuanto antes o poner multas de tráfico.

—De acuerdo —zanjó el concejal—. Señor González, le encargo esta misión. Coordine usted los trabajos y soluciónelo pronto.

—Ahora hay otro tema —dijo la alcaldesa, quien había permanecido en silencio hasta ese momento.

—Dígame.

—El primer teniente de alcalde y yo tenemos un entorno privado en nuestro sistema informático. Ahí solemos guardar información de carácter sensible y relacionada con la seguridad pública. Sólo él y yo tenemos acceso a los archivos que se guardan allí. Hoy nos hemos encontrado en ese apartado el mismo mensaje que hemos recibido en nuestros correos electrónicos.

—Eso significa que, además de terroristas, son unos asaltantes informáticos, unos auténticos *hackers* —sentenció el inspector.

—Así parece.

—Les sugiero que no entren en ese entorno privado. Les enviaré un experto para que analice ese documento y revise el sistema por si les hubieran colocado un virus.

—¿Sugiere alguna medida especial?

—No soy un experto en esta materia, pero, por lo que he oído a mis compañeros, pienso que lo mejor sería parar el sistema. Quizás su jefe de informática podría simular algo.

—Hablaré con él de inmediato —dijo la alcaldesa.

—Y yo aprovecharé para llamar a una persona de tecnología.

Un par de minutos después, los empleados del Ayuntamiento de Sevilla recibían un mensaje donde se les informaba de un fallo grave del sistema informático, por lo que no podrían acceder a ninguna de las bases de datos. Sólo los terminales de la alcaldesa y del primer teniente de alcalde permanecerían activos hasta nueva orden.

Algo más tarde llegaba a las dependencias municipales de la plaza Nueva una mujer preguntando por el inspector González. De inmediato un conserje la acompañó a través de largos pasillos hasta la sala de reuniones donde se encontraba el inspector. Este reconoció a Sonsoles Heredia, la recién llegada; ya tuvo que trabajar con ella en alguna ocasión.

Sonsoles era una mujer de carácter reservado, pero eficaz. Desde la primera vez que tuvieron que trabajar juntos en un caso de la caja de ahorros, el inspector tenía plena confianza en sus habilidades con los ordenadores. De vez en cuando, y para hacerle una broma, le decía que su mente estaba estructurada en celdas, como una hoja de cálculo o la memoria de un ordenador. Lo cierto es que existía buena camaradería y mutuo respeto entre ambos compañeros.

El inspector hizo las presentaciones e inmediatamente Sonsoles se fue con la alcaldesa a su despacho. Mientras tanto, el inspector organizó una reunión con los mandos de la Policía Local.

—Hemos cerrado completamente el sistema informático. En estos momentos el ayuntamiento está parado; sólo hay dos terminales activados: el mío y el del primer teniente de alcalde.

—Me parece una medida acertada —respondió Sonsoles.

—Fue una sugerencia del inspector. ¿Cuánto tiempo cree que tardará?

—No se lo puedo decir. Depende de lo que me encuentre y de los daños que hayan podido hacer, en caso de que haya alguno. Quizás sólo se limitaron a dejar el archivo. En cualquier caso, conviene hacer un testeo completo del sistema.

—¿Qué necesita para ello? —preguntó la alcaldesa.

—Puedo trabajar desde aquí, pero necesito que me concedan un usuario general que pueda acceder a cualquier registro o base de datos de su sistema. Mientras tanto, copiaré el fichero intruso a mi ordenador para estudiarlo con tranquilidad. Como dicen los médicos, analizarlo en un ambiente aislado. Para la comprobación del sistema, me he traído unos CD con aplicaciones especiales. Si hay suerte, no creo que nos lleve más de dos horas.

—Mientras usted hace las copias que crea necesarias, iré pidiendo ese usuario especial.

—Gracias. Y, de paso, que enciendan todos los terminales, pero que no trabaje nadie.

Ya en el despacho de la alcaldesa, Sonsoles se puso a trabajar. Sin demora alguna conectó ordenadores portátiles y lectores de discos. La copia del fichero se hizo sin problemas. Después sustituyó el ordenador portátil por otro y comenzó a comprobar todo el sistema informático del ayuntamiento.

Mientras sobre la pantalla del ordenador iba apareciendo una sucesión de números y letras ininteligibles para la alcaldesa, Sonsoles le explicaba los pormenores del proceso:

—Lo primero que haremos será comprobar el *host,* el ordenador central, donde residen las aplicaciones de gestión y las bases de datos. De paso comprobaremos que no hay registros corruptos ni dañados. De hecho, esto les vendrá bastante bien para corregir algunos errores que no se hayan detectado hasta ahora. Luego analizaremos el contenido de los discos duros de los terminales. No seremos capaces de detectar si el sabotaje ha partido de algún empleado del ayuntamiento, pero sí comprobaremos si alguien tiene algún tipo de virus o *software* dañino en su ordenador personal.

—Me tiene usted totalmente apabullada.

—Al fin y al cabo, esta informática es muy sencilla. Imagínese usted lo que puede ser en una central nuclear.

—Me lo dice usted con una frialdad asombrosa.

—Es mi trabajo. Yo no sería capaz de tomar decisiones que pueden afectar a la vida de mucha gente ni de manejar entresijos políticos. Ya ve, a mí eso me apabulla.

No muy lejos de allí, en las dependencias centrales de la Policía Local, el inspector González se reunía con los mandos de las distintas agrupaciones. El primero en tomar la palabra fue el jefe de la Policía Local.

—Damas y caballeros, he convocado esta reunión extraordinaria para ponerles al corriente de las decisiones que se acaban de tomar por parte de la alcaldesa-presidenta del Ayuntamiento de Sevilla en relación con las explosiones de esta mañana. Vamos a trabajar conjuntamente con la Jefatura Provincial y con el Cuerpo Nacional de Policía. Habrá un único mando, que liderará el inspector González. A partir de este momento, será él quien tomará todas las decisiones relacionadas con las explosiones que hemos tenido.

Acto seguido, fue el inspector quien tomó la palabra.

—Creo leer en la mente de todos ustedes una pregunta: ¿qué sabemos de lo ocurrido? Pues bien, se la voy a responder: no tenemos ni pajolera idea. Lo cual significa que tenemos que trabajar de forma coordinada y con minuciosidad si queremos coger a estos individuos. Les supongo al tanto de las declaraciones efectuadas por el ministro del Interior; él sabe lo mismo que nosotros: nada. Por otra parte, no le vamos a desmentir. No es por respeto al ministro, es que nos conviene que estos tipos piensen que estamos despistados. Lo que tienen que hacer ustedes, y los efectivos a su cargo, es peinar las calles con discreción. No quiero una masa de agentes uniformados porque crearía alarma en la ciudad. Camúflense de turistas, de mendigos, de gorrillas aparcacoches, de lo que quieran, pero la presencia de agentes uniformados en las calles sólo ha de aumentar mínimamente. Utilicen a los confidentes sólo si tienen plena confianza en ellos; en caso contrario, olvídenlos. Su objetivo es encontrar los próximos artefactos antes de que estallen; para ello tienen que mirar en papeleras, contenedores de basura, matorrales de los parques; en definitiva, en cualquier lugar. Cuando encuentren algo sospechoso, no hagan nada y avisen, pidan refuerzos. Mientras tanto, despejen la zona. Los pequeños robos y otras actividades sobre las que trabajan habitualmente pasan a segundo plano. ¿Tienen alguna pregunta?

Se oyó una voz procedente del centro de la sala:

—¿Qué debería hacer un agente si es reconocido?

—Para evitar eso, distribuyan a sus agentes por zonas de la ciudad en las que no hayan trabajado con anterioridad. Si la persona que les reconoce es de confianza, que diga que está haciendo una misión de escolta; en caso contrario, que disimule.

—¿Cuál es el procedimiento que debemos seguir cuando encontremos algo sospechoso? —preguntó otro.

—Cada agente llevará un equipo de transmisión; si no hay suficientes, les daremos un teléfono móvil. Dispondremos coches patrulla circulando permanentemente por la ciudad con el fin de prestar ayuda cuando se reciba una llamada. En ese momento desplazaremos al lugar un equipo de artificieros para desactivar el posible explosivo. Yo mismo procuraré personarme en el lugar.

—¿Tendremos suficientes coches patrulla? —preguntó un tercero.

—Si Queipo de Llano controló la ciudad en 1936 con tres o cuatro camiones militares circulando permanentemente, ¿no vamos a ser nosotros capaces de hacerlo con unos cuantos coches más?

Después de unos minutos de silencio, el inspector dio por terminada la reunión.

—Si no hay más preguntas, pongámonos a trabajar y vamos a coger a esos canallas.

Mientras, en el ayuntamiento, Sonsoles finalizaba la comprobación del sistema informático. Para alivio de la alcaldesa, los piratas se habían limitado a dejar el mensaje, sin más.

—Afortunadamente no hay nada dañado —informó Sonsoles—, pero le recomiendo que se cambien todas las palabras de paso. Es posible que los piratas intenten un nuevo acceso al sistema, ya que lo conocen.

—Me parece prudente —dijo la alcaldesa—. Hablaré con el inspector y le presentaré a nuestro jefe de informática para que se pongan ustedes de acuerdo en cómo proceder.

El inspector, según sus propias palabras, se confesó un auténtico ignorante en materia de ordenadores, pero confiaba en el criterio de Sonsoles. Ella sugirió instalar un sistema de rastreo de llamadas con el fin de localizar la procedencia un nuevo ataque. De esta forma tendrían abiertas dos líneas de investigación apuntando al mismo objetivo.

Al caer la tarde ambos dispositivos estaban en pleno funcionamiento. En la calle se percibía una mayor presencia policial, aunque no excesiva. Esta había sido reforzada por patrullas a caballo de la Policía Nacional, con presencia sobre todo en los parques, aledaños de los Reales Alcázares y plazas peatonales. Por otra parte, Sonsoles instaló el rastreador de llamadas en el servidor de Internet del ayuntamiento y dispuso una línea de comunicaciones conectada a los ordenadores portátiles que tenían ella y el inspector en sus respectivos despachos. Si había un nuevo ataque, esta vez estaban preparados.

Aunque había consenso en que esa noche no se produciría ningún acontecimiento, fue una noche de tensa espera. El equipo de guardia del centro de proceso de datos estuvo atento a cualquier señal de alarma que pudiera producirse por acceso no autorizado a los sistemas informáticos. Por otra parte, en la calle se rastrearon todos los rincones posibles donde pudieran esconderse objetos extraños. También hubo algunas detenciones, sobre todo de pequeños delincuentes que, camuflados en las sombras nocturnas, pretendían robar en tiendas de barrios periféricos.

Durante el día siguiente hubo un leve avance en las investigaciones. Sonsoles pudo averiguar que los *hackers* que infiltraron el mensaje en los sistemas del ayuntamiento, aunque hábiles, no habían sido cuidadosos.

El mensaje era un fichero de un conocido procesador de textos que en la parte de código que no muestra recoge información sobre el equipo utilizado para su redacción. Ella, trabajando con programas específicos al efecto, había podido averiguar que el ordenador donde se había escrito tenía registrado como usuario unas iniciales y un apellido: «J. F. Álvarez».

Por lo demás, confiaban en que se produjera un nuevo intento de infiltración y, gracias al rastreador de llamadas, identificar la procedencia del ataque.

La siguiente noche fue fructífera. Fue un vagabundo, en las inmediaciones del estadio del Betis, el Benito Villamarín, quien encontró una bolsa de Carrefour con un extraño artefacto conectado a un teléfono móvil. Uno de los policías camuflados dio la voz de aviso y rápidamente se acordonó la zona.

El equipo de artificieros no tuvo problemas en desactivar el explosivo. Bastó con quitar la batería del teléfono para poder cortar los cables sin peligro alguno.

El inspector González y Sonsoles habían acudido con el equipo de intervención y observaron los trabajos para desactivar el artefacto. Luego, entregándole el teléfono móvil, González le pidió a su compañera:

—Trata de encontrar el PIN y actívalo. Luego averigua lo que puedas de las llamadas que tenga registradas y, sobre todo, de la próxima que reciba. Conéctale tu rastreador o lo que tengas.

—De acuerdo. Me voy a mi despacho.

Después de esto, dejaron el explosivo listo para que estallase de forma controlada. Si querían continuar con el engaño, tenía que explotar al mismo tiempo que los demás, porque tenía que haber más.

Efectivamente, alrededor de las ocho de la mañana, igual que dos días antes, hubo una serie de explosiones en el estadio Benito Villamarín y sus inmediaciones. Para el inspector González esto era lo de menos; lo que ocupaba ahora su mente eran los resultados que pudiera haber obtenido Sonsoles, así como saber si se había detectado una nueva incursión en los ordenadores del ayuntamiento y los resultados del sistema de protección y rastreo.

De regreso a la Jefatura Provincial, fue poco lo que pudo ofrecerle Sonsoles. El teléfono había sido robado el día anterior y, para poderlo manipular libremente, lo habían liberado. Se había recibido un mensaje de texto coincidiendo con las explosiones; con toda seguridad, la recepción del mensaje actuaba como detonador de la carga explosiva.

Sonsoles se había puesto en contacto con el operador propietario de la línea. A pesar de la inicial reticencia, había conseguido averiguar que el mensaje había sido emitido a través de un operador de Internet localizado en Argentina. No podían ofrecerle más información.

El inspector llegó al convencimiento de que era preciso obtener una orden judicial internacional que les permitiera investigar en ese proveedor de Internet. Si hacía falta, viajaría a Buenos Aires para obtener la información necesaria.

Mientras Sonsoles le informaba de sus averiguaciones sonó el teléfono. Era una llamada del centro de proceso de datos del ayuntamiento para informar de una nueva incursión.

Los dos policías acudieron de inmediato a la plaza Nueva. Nada más llegar se encontraron con la alcaldesa.

—Ya me han informado de las explosiones en el estadio Benito Villamarín. El ministro me ha llamado pidiendo datos para informar a la prensa.

—Necesitamos mantener el engaño, señora alcaldesa. Dígale algo de tipo político o, lo que es lo mismo, sin decir nada, que las investigaciones avanzan por buen camino, que pronto tendremos resultados; en definitiva, lo habitual, pero nunca le diga la verdad, no sea que lo cuente.

—No es usted muy diplomático, pero tiene razón.

—Sólo soy un policía y no me pagan por ser diplomático.

Luego, en la sala principal del centro de proceso de datos, Sonsoles y el jefe de informática del ayuntamiento se afanaban ante teclados y pantallas. Poco después informaban de los resultados:

—Son hábiles, pero poco cuidadosos —dijo el jefe de informática—. Hemos conseguido despistarles y no han accedido a información sensible. Esta vez han dejado su mensaje en un directorio controlado.

—Es un mensaje de las mismas características que el anterior —añadió Sonsoles—. Por la «firma» oculta que te dije ayer, lo han confeccionado con la misma máquina: «J. F. Álvarez». Han intentado despistarnos pasando por varios servidores de Internet, pero hemos conseguido localizar el servidor inicial y la hora. Es un servidor de Madrid.

—¿Qué dice ahora el mensaje? —preguntó la alcaldesa.

—Van descubriendo sus verdaderas intenciones —afirmó Sonsoles—. Sólo quieren dinero.

—Hay un detalle. No sé si es importante o no —comentó el jefe de informática.

—Dígame —inquirió el inspector.

—El texto tiene como fondo una trama con el escudo del Sevilla; no el de la ciudad, sino el del club de fútbol.

—Quizás sea una mera maniobra de despiste, pero no deja de ser un detalle importante. Muchas gracias.

De regreso a su despacho, el inspector se dispuso a ordenar la información que había recabado: alguien, posiblemente un grupo de personas, estaba utilizando la red de Internet para cometer actos de índole terrorista en la ciudad de Sevilla. Si bien las explosiones eran de escasa intensidad y no habían causado daños personales, habían creado una importante alarma entre los ciudadanos. Por otra parte, y al mismo tiempo que ocurrían las explosiones, realizaban incursiones en los sistemas informáticos del ayuntamiento a través de un ordenador identificado como «J. F. Álvarez» y, por último, una trama, que era una especie de firma, con el escudo del Sevilla F. C. ¿Había relación con las peñas sevillistas o era una maniobra de despiste?

No supondría mucha pérdida de tiempo mantener una conversación con el presidente del club de fútbol y, por otra parte, esa era la única pista de que disponía hasta el momento. Así pues, realizó una llamada telefónica y media hora después se encontraba en el estadio Sánchez-Pizjuán.

—Muchas gracias por recibirme —dijo el inspector cuando se encontró con el presidente del club—. Procuraré no robarle mucho tiempo y entraré inmediatamente en materia.

—Haremos todo lo que esté en nuestra mano para ayudarle. Dígame —respondió el presidente.

—Supongo que estará usted al corriente de las explosiones que han ocurrido recientemente.

—Por supuesto.

—Como comprenderá, no puedo informarle en detalle de mis investigaciones, pero tenemos cierta sospecha de que puede haber una relación con alguien vinculado con el club. Posiblemente algún socio o una peña.

—Podemos facilitarle un listado de los socios del club, de los accionistas e incluso de las peñas.

—¿Tienen identificados a los socios más exaltados? ¿Quizás algún grupo del tipo Ultras Sur, Bukaneros o Boixos Nois?

—Por supuesto; son los Biris Norte. No son tan radicales ni violentos como estos que menciona usted, pero los tenemos localizados. Siempre ocupan el mismo lugar en el estadio y le podemos indicar su número de socio.

—Esto me sería de gran ayuda. Hay otro detalle. ¿Le consta que alguna de estas personas sea hábil con los ordenadores o con Internet?

—En absoluto. Pero… Déjeme pensar… Hay una peña sevillista, creo que es el único caso en el fútbol español, que funciona por Internet. La mayoría de sus socios son españoles, pero hay algunos de otros países, incluso Bulgaria y Argentina.

—¿Podría facilitarme información sobre esa peña?

—Por supuesto. Permítame consultar mi agenda.

El presidente del club se dispuso a consultar la agenda que tenía en su ordenador. Unos minutos después le mostraba en la pantalla la página web de la peña internauta. Sin embargo, lo que más llamó la atención del inspector fue el nombre del presidente de la peña: coincidía plenamente con la identidad «J. F. Álvarez».

—Muchas gracias por todo —dijo el inspector—. Me ha sido de gran ayuda.

—Me alegro de ello —respondió el presidente—. Esta misma tarde tendrá usted los listados que le he comentado.

La fortuna le sonreía al inspector. Había localizado una peña sevillista internauta y a una persona cuyo nombre coincidía con la firma del atacante a los sistemas informáticos del ayuntamiento. Quizás estaba a punto de solucionar el caso, pero había algo que no le encajaba. Su intuición le decía que todo era demasiado perfecto.

El presidente de la peña internauta residía en Madrid, en la zona norte de la ciudad. Sonsoles, como experta informática, y el inspector decidieron hacerle una visita, pero antes coordinaron un dispositivo de seguimiento con sus compañeros de la capital. El inspector deseaba conocer los hábitos de este individuo antes de interrogarle.

Durante las siguientes semanas la ciudad de Sevilla vivió con su natural tranquilidad. Sus habitantes comenzaban a olvidar las explosiones habidas días atrás y, a pesar de la disconformidad del inspector, se procedió a relajar el dispositivo de alerta.

Por otra parte, los informes que se recibían de Madrid con respecto al seguimiento del presidente de la peña sevillista no aportaban datos significativos. Todo reflejaba que era un individuo de lo más corriente; sus hábitos se reducían a su trabajo en una empresa de tamaño pequeño-medio, su familia y algunas salidas nocturnas con diversas amistades. También habían inspeccionado su línea telefónica en virtud de un auto emitido por el juez sevillano, pero igualmente había sido infructuoso. Sólo mensajes de correo electrónico de tipo banal, algún que otro acceso a un servicio de *chatting* y alguna consulta a páginas de contenido erótico.

Con estos informes en la mano, emitieron una citación. Por tratarse de un asunto que trascendía la comunidad autónoma andaluza, eligieron como lugar de la entrevista la sede de la Delegación del Gobierno en la Comunidad de Madrid, en la calle García de Paredes.

El documento de citación no dejaba lugar a dudas: se aseguraba que la comparecencia era un acto voluntario, pero en caso de no asistir se emitiría un mandato judicial. Por otra parte, se añadía que el compareciente tenía el derecho de acudir asistido por un abogado.

El presidente de la peña internauta era un hombre de aspecto elegante y cordial. De no ser por la formalidad y las inciertas implicaciones de la situación, con toda seguridad iluminaría su rostro con una afable sonrisa. Por otra parte, sus prematuras canas le añadían un toque de distinción que dotaba a su aspecto general de cierto aire de sensatez.

Cuando se encontró ante el inspector González, este le saludó con cordialidad.

—Buenos días, señor Álvarez, y gracias por acudir.

—Buenos días. Aunque me complace colaborar con ustedes, tampoco me dejaban mucho margen de actuación en su escrito.

—Bueno, no lo tenga en cuenta. Son meros formulismos que estamos obligados a cumplir. Ya sabe, el reglamento.

—Sí, supongo que será eso.

—Señor Álvarez, le presento a Sonsoles Heredia. Colabora conmigo en esta investigación.

—Encantada de saludarle, señor Álvarez.

—En este caso, el placer es mío —respondió el presidente.

—Bien, señor Álvarez —dijo el inspector—. No voy a dar ningún tipo de rodeos y le voy a poner al corriente del motivo de esta entrevista. Le ruego que lo considere así; al menos para mí, esto no es un interrogatorio.

—Le agradezco su sinceridad.

—Hace unos días —prosiguió el inspector— hubo una incursión no autorizada en el sistema informático del Ayuntamiento de Sevilla. El atacante, o el grupo que cometió esta incursión, dejó un mensaje, confeccionado con un procesador de textos, el cual llevaba una filigrana de fondo con el escudo del Sevilla Fútbol Club. Nuestros especialistas en informática han comprobado que el fichero se realizó en un ordenador registrado a nombre de «J. F. Álvarez».

—Y usted piensa que he sido yo.

—Todavía no he llegado a ninguna conclusión, señor Álvarez. Sólo estoy investigando.

—Por supuesto que no le voy a negar que navego por Internet ni mi afición sevillista, pero carezco de los conocimientos necesarios para romper barreras informáticas e introducirme en sistemas ajenos a los que utilizo.

—¿Cuál es su formación profesional?

—Soy economista. Siempre he trabajado en temas financieros. Para mí un ordenador es una herramienta de trabajo; aparte de un procesador de textos y un programa de contabilidad, poco más soy capaz de utilizar adecuadamente. Incluso a una hoja de cálculo no le saco todo el rendimiento posible.

—Comprendo. ¿Tiene algún inconveniente en que veamos su ordenador personal? Le anticipo que está en su derecho de negarse, pero también le digo que puedo conseguir una autorización judicial en el plazo de dos horas. Créame, este asunto es muy serio.

—Puesto que tiene usted unos argumentos tan razonables —remarcó enfáticamente la palabra «razonables»—, no me puedo negar. Pero…, esto… No sé cómo explicarme…

—No siga, por favor —zanjó Sonsoles—. Creo entender lo que quiere decirnos. No estamos buscando copias ilegales de *software*. Sabemos que en la mayoría de los hogares hay copias no autorizadas. No debe preocuparse por eso, si es lo que le preocupa. Le podemos garantizar que no haremos nada en caso de que tenga usted copias piratas de *software,* siempre que sean para uso propio. Para su tranquilidad, puedo decirle que yo también tengo alguna copia no autorizada en mi domicilio.

—¿Y cuándo querrían hacer esta inspección? —preguntó el señor Álvarez.

—¿Podría ser ahora? —dijo el inspector.

—Si usted insiste, será ahora mismo.

—Gracias. Pediré un coche sin distintivos. Mientras esperamos, ¿podría contarme algo de esa peña internauta?

—Sí. La peña surgió en 1999 como una idea de aglutinar a aficionados sevillistas que no residieran en Sevilla y, debido a ello, no pudieran seguir al club. Luego se añadieron otras personas a quienes les gustó la idea y podían seguir las actividades de la peña desde sus casas. Tenemos una página web que funciona como una sede social virtual, donde recogemos los comentarios de los socios y les hacemos llegar las propuestas de la junta directiva y el resto de la información que recabamos.

—¿Quién hizo esa página web? ¿Fue una empresa especializada?

—En absoluto. Fue uno de los socios, que es informático. Sé que utilizó recursos gratuitos para Internet de una empresa alicantina y su propio esfuerzo.

—Interesante.

—Le puedo facilitar su nombre, pero no le creo capaz de hacer una cosa así.

—De todas formas, le voy a pedir un listado de los socios —comentó el inspector.

—Sus nombres están en la página web de la peña.

—Pero no creo que incluyan los domicilios, ¿cierto?

—Así es. Cumplimos los requisitos de la Ley de Protección de Datos —corroboró el presidente.

—¿Qué me puede decir de Argentina? —preguntó de improviso el inspector.

—Pues, aparte de lo que usted conocerá del país —contestó el presidente—, puedo decirle que nuestra agrupación realiza una labor de apoyo y promoción de un equipo juvenil de fútbol en la provincia de Tucumán. Equipo que, por cierto, lleva el nombre de Sevilla F. C. y viste igual que el Sevilla de aquí, de España.

—¿Ha estado usted en Argentina?

—Si se puede llamar estar en Argentina a visitar las cataratas de Iguazú, la respuesta sería afirmativa. Si lo que usted me pregunta es que si conozco Argentina, mi respuesta es no.

—¿Me puede decir algo más de sus actividades, perdón, de las actividades de la peña en Argentina?

—Lo que usted pueda ver en nuestra web. Todo está ahí —respondió el presidente con aplomo no desprovisto de cierto orgullo.

La inspección del ordenador del señor Álvarez no reveló ningún detalle esclarecedor. Sonsoles pudo comprobar que sólo contenía información de carácter personal y alguna colección de fotografías eróticas que circulan habitualmente por Internet. En el correo electrónico también había únicamente mensajes de tipo personal y relacionados con las actividades de la peña internauta. Aparte del sistema operativo y de los programas habituales, todos ellos pirateados, no existía nada que pudiera relacionarle, ni siquiera indirectamente, con el caso.

Más tarde, el inspector comentaba con Sonsoles los pormenores del encuentro con el señor Álvarez.

—¿Qué te ha parecido este individuo? —preguntó el inspector.

—No lo sé —respondió Sonsoles—. No tengo una opinión muy clara. O es un mero pardillo al que alguien está utilizando o es demasiado inteligente.

—Quizás —contestó el inspector con tono pensativo—, pero algo me dice que estamos en el buen camino. Mi intuición me sugiere que este hilo puede llevarnos a la madeja. En parte, estoy de acuerdo contigo; puede que le estén utilizando, ¿pero quién?

—Si fuera así, tendría que ser alguien que le conozca bien. Alguien de la familia, algún amigo.

—Sí. Tenemos que continuar con el seguimiento y hay que averiguar quién es ese informático.

Luego, cambiando el tema de conversación, preguntó:

—Otra cosa, ¿es cierto que tienes copias ilegales de *software?* Eso es un delito; una falta administrativa, pero delito.

—Daniel, ¿recuerdas quién te pasó la copia del simulador de vuelo? ¿Cuántas veces me la pediste?

—*Touché*. Tienes razón. En la mayoría de los hogares hay copias no autorizadas.

El tiempo había transcurrido sin que hubiera nuevos atentados en Sevilla y el dispositivo de vigilancia se había ido relajando paulatinamente hasta hacerlo inexistente.

El ayuntamiento trabajaba con normalidad, sin que los sistemas de alerta informática hubieran detectado accesos no autorizados. Nadie, excepto Sonsoles y el inspector González, recordaba los sucesos de meses atrás.

Incluso se celebró la Feria de Abril con la normalidad y el éxito habituales. Afortunadamente para los hosteleros de la ciudad, así como para las autoridades políticas, no se percibieron anulaciones significativas en las reservas hoteleras. Todo ayudó a que la ciudad y sus habitantes recuperasen el pulso de la actividad normal.

Mientras tanto, ambos policías habían leído y releído los informes que les habían enviado desde Madrid con respecto al entorno del presidente de la peña sevillista. No pudieron detectar nada extraño en su entorno ni en su comportamiento. Su círculo de amistades consistía básicamente en antiguos compañeros de trabajo, de facultad y socios de la peña internauta; sus hábitos habían permanecido invariables: la actividad laboral y la familia, más alguna salida nocturna con algún grupo de amigos. Las intervenciones de la línea telefónica y del proveedor de Internet tampoco mostraron indicios fuera de lo habitual. Incluso fue objeto de seguimiento en un viaje a Sevilla, que se limitó a reuniones con otros socios de la peña y la asistencia a un partido de fútbol en el palco presidencial del estadio Ramón Sánchez-Pizjuán.

Este esquema se repetía en lo fundamental con su entorno de amistades, incluido el informático de la peña sevillista. Aun así, fue objeto de especial atención en este entorno un pequeño grupo con quien se reunía con cierta asiduidad, aunque no muy frecuentemente.

Este grupo lo componían, aparte del investigado, otras cuatro personas. La primera de ellas era una mujer residente en Madrid, en un ático de su propiedad. En un primer momento llamaron la atención de los investigadores sus frecuentes desplazamientos de fin de semana; sin embargo, quedó descartada en cuanto se comprobó que el destino era casi siempre la isla de Mallorca, nada que la relacionase con Sevilla y el fútbol. Por otra parte, pudo comprobarse su afición hacia el Club Atlético de Madrid, por lo que ni siquiera el color blanco podía vincularla con el Sevilla Fútbol Club.

El segundo era un individuo vinculado profesionalmente con la informática. Debido a ello, también fue objeto de investigación, sobre todo cuando pudieron comprobar que mantenía una residencia estival en Andalucía y, además, publicaba algunos escritos de poca monta en una página web. Aun así, tampoco se pudo comprobar que tuviera alguna relación con los hechos de la investigación por el nulo interés que demostraba hacia el fútbol y todo lo relacionado con este deporte.

Los otros dos miembros del grupo residían fuera de la ciudad. Uno de ellos tenía como afición las competiciones de vehículos todoterreno, mientras que el otro se dedicaba al cuidado y ornamentación del jardín de su residencia; tampoco nada que ver con el fútbol.

Según decía el inspector González, «estos mendas son tan de libro que no merece la pena siquiera escribir dos líneas de ellos».

El resultado era que las investigaciones habían entrado en vía muerta y así permanecieron durante unos meses hasta esa mañana. Una mañana en la que todos recordaron los sucesos de meses atrás. Esa mañana Sevilla volvió a despertarse con una nueva ronda de explosiones en diversos puntos de la ciudad.

La policía identificó cinco explosiones en locales relacionados con el Real Betis Balompié, junto con otros dos artefactos en los jardines próximos a los Reales Alcázares. Estos últimos no llegaron a explotar debido a que el riego de unos minutos antes había humedecido la pólvora hasta inutilizarlos.

Los análisis de los artificieros constataron que los dispositivos tenían las mismas características que los anteriores, así como el sistema de detonación, también activado mediante telefonía móvil.

También se detectó una nueva intrusión en los sistemas informáticos del ayuntamiento. Todo era una violenta repetición de los sucesos acaecidos meses atrás y todo volvió a empezar de nuevo.

Se reinstaló el dispositivo de vigilancia en la ciudad, se reanudaron las reuniones con los mandos de la Policía Local y Sonsoles repasó, hasta aprenderse de memoria, los listados remitidos por el proveedor de Internet del señor Álvarez, puesto que su línea telefónica seguía intervenida.

Tan sólo hubo un avance en la investigación; pequeño, pero avance a pesar de todo: los teléfonos móviles colocados en los artefactos que no explotaron habían sido sustraídos a turistas dos días antes.

Ello establecía una conexión entre los pequeños ladrones callejeros y el grupo terrorista, pero, aun así, se desconocía el móvil tanto de las explosiones como del asalto a los ordenadores municipales, lo cual impedía cualquier tipo de avance importante en las investigaciones.

El inspector González y Sonsoles comentaban los detalles del caso con asiduidad, casi todos los días. En vano trataban de encontrar una explicación que les indicara un camino a seguir. Esa mañana estaban citados en el Palacio de San Telmo, la sede de la Presidencia de la Junta de Andalucía. Mientras hacían tiempo para acudir a la reunión, tomaban un vino manzanilla en una terraza frente a la entrada al Patio de los Naranjos de la catedral hispalense.

—Daniel —dijo Sonsoles—, esto se nos está escapando de las manos.

—Eso parece. La verdad es que nunca me había enfrentado a un caso, por raro que fuese, donde no se identificara un móvil.

—Y aquí el único móvil que hay es el que colocan en los «petardos».

—Aun así, sigo pensando que, si no la clave, el punto de partida está en el presidente de la peña de Internet.

—Pero a ese le hemos hecho hasta la prueba del algodón y está limpio como una patena.

—Ya, pero nos falta encontrar algo que ligue a «J. F. Álvarez» con las explosiones. Nos falta el «eslabón perdido».

—Daniel, ¡que el «eslabón perdido» se refiere al mono que se bajó de los árboles en África!

—Pues aquí nos falta un eslabón —dijo el inspector al tiempo que apuraba su manzanilla del catavinos.

Acto seguido se encaminaron por la avenida de la Constitución hacia la Presidencia de la Junta de Andalucía.

Mientras caminaban para acudir al encuentro con las autoridades políticas, Sonsoles, con tono pensativo, soltó una repentina idea:

—Daniel, ¿y si todo esto fuera una maniobra de despiste?

—¿Cómo dices?

—Sí, pienso que quizás el móvil no tenga nada que ver con el fútbol, la peña ni nada de lo que estamos investigando. Se me ocurre que todo esto lo hacen para despistarnos y tener vía libre para una actividad totalmente distinta. ¿Qué te parece?

—Que es una locura. Una inteligente locura.

El Palacio de San Telmo había sido en el siglo XIX la residencia de los duques de Montpensier. Fue la casa natal de la reina María de las Mercedes, primera esposa de Alfonso XII. Posteriormente pasó a propiedad estatal y sus jardines se convirtieron en el actual Parque de María Luisa. En la actualidad, tras la promulgación del Estatuto de Autonomía de Andalucía, se eligió este lugar como sede de la Presidencia de la Junta.

En la antesala del despacho del presidente de la Junta esperaban la alcaldesa, el jefe de la Policía Local y el capitán a cargo de la Comandancia de la Guardia Civil de Sevilla. Un ujier les anunció que el presidente les recibiría en unos minutos.

El inspector aprovechó la espera para comentar los últimos acontecimientos con el jefe de la Policía Local y, sobre todo, tratar de pulsar la opinión de los agentes de calle. También deseaba contrastar si era posible establecer una conexión entre los robos de teléfonos móviles a los turistas y las recientes explosiones.

—Si lo que le interesa es el estado de la moral —decía el jefe de policía—, no se preocupe por ello. No hemos detectado quejas significativas entre los agentes. Lo único que hemos comprobado es que el tráfico se nos ha convertido en un caos; figúrese, estamos al inicio del verano, con el parque Isla Mágica abierto, y los agentes no pueden regular la circulación. Eso y este caso es lo que nos preocupa. Por lo demás, todo está normal.

—Pero ¿no ha habido ningún comentario, por insignificante que sea? —replicó el inspector—. Los teléfonos móviles habían sido robados.

—Lo cierto es que no hemos detectado un incremento inusual en robos a turistas. La verdad es que fue usted quien estableció esa conexión, pero las estadísticas que obtenemos no revelan nada fuera de lo corriente. Si quiere que le diga una cosa, sólo he oído una queja; bueno, no es exactamente una queja, digamos que es un mero comentario de amigos tomando una cerveza.

—Dígame, le escucho.

—De acuerdo, pero no quisiera traicionar la confianza de mi amigo.

—No tiene por qué darme nombres —contestó el inspector para tranquilizarle—. Sólo me interesan los hechos.

—De acuerdo. Esta mañana he estado desayunando con un amigo, él es sargento del cuerpo; me aseguraba que era la segunda vez que estos «petardos» le habían jodido una comida con su cuñado. Luego me comentó que su cuñado se había aficionado hace poco a las competiciones de cuatro por cuatro, hoy regresaba de una prueba en Marruecos y habían planeado comer juntos para celebrarlo.

Tuvieron que interrumpir la conversación en ese momento, porque la secretaria del presidente de la Junta les invitaba a pasar al despacho.

Unos segundos después, el presidente de la comunidad autónoma les explicaba el motivo de la reunión:

—Les he hecho venir porque esta Presidencia está especialmente preocupada por estos acontecimientos. Además, tanto el ministro del Interior como el presidente del Gobierno me están urgiendo para que demos alguna respuesta aclaratoria a estos sucesos. Por eso, y antes de que se pidan responsabilidades políticas, quiero conocer de primera mano el estado de las investigaciones y el camino que llevan.

—Señor presidente —se adelantó a intervenir el inspector—, si quiere que le sea totalmente sincero, lo único que le puedo decir es que no sabemos nada. A pesar de que hemos barajado numerosas posibilidades, incluso desconocemos el móvil que puedan tener los autores de las explosiones.

—Sin embargo, parece que tienen una manía obsesiva con el Betis.

—Esa fue nuestra primera línea de acción. El presidente del Sevilla nos ayudó a localizar posibles grupos violentos de la afición. Los hemos investigado a todos, también a las peñas. El resultado ha sido invariablemente el mismo: nada. Le digo más, hemos establecido una conexión entre las explosiones y las incursiones en el sistema informático del ayuntamiento. Hay una peña sevillista que funciona a través de Internet; también la hemos investigado, tenemos intervenida la comunicación telefónica de su presidente y de otros miembros de su directiva, todo con resultado negativo.

—¿Entonces qué respuesta le puedo dar al ministro del Interior? Les anticipo a todos ustedes que lo de ETA ya no vale. Hoy han publicado un comunicado en *Gara*[1] donde se desmarcan abiertamente de todo esto con su discurso habitual. Ya saben, injerencias de la prensa españolista, maquinaciones del Gobierno español contra el proceso de soberanía de Euskadi, ensayos para la creación de un nuevo GAL y toda esa basura que ya conocen.

—Mire usted —continuó el inspector—, yo no soy político y, por lo tanto, no le puedo ayudar en este punto. Si usted quiere un responsable, mañana mismo le puedo presentar a ocho tipos, a quienes podemos acusar, para que usted elija el que quiera. Así, como me oye, «a cala y a prueba». Pero eso no soluciona el problema. Mañana, la próxima semana o dentro de tres meses habrá nuevas explosiones y volveremos a estar aquí reunidos por el mismo motivo que hemos acudido hoy.

—Señor González —dijo el presidente—, si le permito este tono es por su excelente hoja de servicios y porque, al igual que los aquí reunidos, pienso que es usted el único que puede resolver este dilema, pero no me toque los cojones. De todas formas, le agradezco su sinceridad.

---

[1]   Diario en el que la banda terrorista solía publicar sus comunicados.

—Seamos constructivos —terció la alcaldesa sevillana—. ¿Cuál es su opinión sobre todo esto, inspector? Y, por favor, no nos hable de los hechos; háblenos de su intuición.

—Esta vez la idea no es mía; procede de Sonsoles, mi compañera en este caso y especialista en investigación cibernética. Le he dado vueltas a esta idea y pienso que es verosímil. Tiene credibilidad.

—Le escuchamos —afirmó el presidente.

—Bien. Quizás todo esto sea una farsa. Una maniobra de despiste cuyo objetivo no es otro que dejar pistas falsas para entretenernos mientras los delincuentes tienen vía libre para actuar en algo que desconocemos.

—Usted ha afirmado que esta idea le parece plausible. ¿En qué se basa para afirmarlo? —preguntó con interés el capitán de la Guardia Civil.

—Son meros detalles, pequeños y sin importancia, pero que, una vez vistos desde una perspectiva global, se perciben de otra manera.

—Prosiga, por favor —dijo la alcaldesa.

—En primer lugar, los artefactos explosivos son de escasa potencia; ni siquiera se les podría llamar bombas, más bien son meros petardos. Por supuesto que podrían ocasionar heridas si explosionasen cerca de algún transeúnte, pero no creo que le ocasionasen la muerte. Al menos eso me han dicho los artificieros. Es cierto que la mayor parte de estos cacharros han ido dirigidos contra el Betis y locales relacionados con esta entidad deportiva, pero, una vez descartados los grupos y peñas sevillistas, lo que nos queda es que los autores se están aprovechando de la rivalidad futbolística. ¿Con qué finalidad? Dirigir nuestra atención hacia otro lugar en donde no encontremos nada. Por último, nos queda lo de las incursiones en los sistemas informáticos del ayuntamiento. Aquí se han limitado a dejar mensajes confeccionados con un procesador de textos, cuando han podido acceder a información sensible y destruirla o modificarla. Aun así, ni las bases de datos ni los ficheros ni ningún otro dato han sufrido la más mínima variación. Todo esto significa que el autor o los autores sólo quieren hacer ruido, pero sin ocasionar daños.

—¿Entonces? —preguntó el presidente.

—Estamos como al principio —afirmó el inspector.

—No lo creo así. Es un avance. Al menos se sabe dónde no hay que investigar y habrá que ver quién recibe los teléfonos móviles robados.

—Eso ya lo he pensado. Pero usted se olvida de que los teléfonos activan el explosivo mediante una llamada que reciben vía Internet. El rastreo de la comunicación nos ha llevado a un servidor de Argentina. Puede que hagan explosionar los artefactos desde Madrid o cualquier sitio, incluso desde este edificio.

—Comprendo —dijo el presidente andaluz—. No quiero entretenerles más. Muchas gracias a todos por venir. Señor González, quiero que me informe personalmente de los avances de la investigación. No quiero un informe semanal ni nada de eso; sólo quiero ser informado cuando haya avances significativos. Confío en usted y agradezco su sinceridad.

Luego, en la antesala del despacho, la alcaldesa se dirigió al inspector González.

—Me ha sorprendido usted. Evidentemente no es nada político.

—Por eso mismo sólo soy un inspector de policía.

—Parece muy seguro de sí mismo.

—Se equivoca, señora. Confío en el cuerpo al que represento y en la formación que recibí.

Sin saber qué decir ni añadir, la alcaldesa se dirigió a todos los asistentes para decirles:

—No puedo quedarme más tiempo con ustedes. Me esperan en una reunión con los alcaldes de mi partido. Señor González, por favor, infórmeme también a mí. Después del presidente, por supuesto.

—Así lo haré, señora.

A continuación, fue el capitán de la Guardia Civil quien se dirigió al inspector:

—Me ha sorprendido. Y gratamente, por cierto.

—Muchas gracias, capitán.

—Al contrario, soy yo quien debe estar agradecido. Los políticos tienen su misión y deben hacerla, pero tienen que dejarnos actuar a los profesionales. En definitiva, eso es lo que le ha dicho usted al presidente. Espero que haya sabido recoger el mensaje.

—El presidente es un hombre inteligente y estoy seguro de que sabe perfectamente cuál es su papel. Lo que pasa es que le está presionando el Gobierno.

—En definitiva, cuente con mi apoyo y el de la Comandancia.

—Muchas gracias, capitán.

Luego se dirigió hacia el jefe de la Policía Local y le pidió un favor:

—¿Le importaría decirle a su amigo el sargento que se pase por mi despacho esta tarde?

Cuando vio la expresión de sorpresa de su interlocutor, tuvo que añadir:

—Si nos están vacilando, tendremos que hurgar por otros sitios. Me gustaría que me cuente algo sobre la afición de su cuñado. Nada más.

Esta vez fue Sonsoles quien le habló confidencialmente al inspector mientras se dirigían a la calle:

—Eres único para hacer nuevos amigos y crearte enemigos al mismo tiempo.

—Si al presidente no le gusta que le toquen los cojones, tampoco a mí me gusta que me los toquen.

—¿Seguro?

—Compañera, estamos de servicio. No sigas por ahí.

Esa misma tarde, alrededor de las cinco, un agente de la Policía Local sevillana se presentó ante el despacho del inspector González. Perfectamente uniformado y luciendo los galones de sargento, abrió la puerta y dijo:

—Buenas tardes, inspector. ¿Me había mandado llamar?

—Adelante, por favor. Pase y siéntase cómodo.

—Estoy a sus órdenes.

—No tengo nada que encargarle. Sólo comentar un par de temas con usted. ¿No le han informado sobre el motivo de esta entrevista?

—En absoluto. Lo único que me han dicho es que usted quería verme.

—Le pondré al corriente. Esta mañana he conversado con el jefe de la Policía Local. Entre otras cosas, me ha comentado que los atentados que estamos investigando le han fastidiado una comida familiar en ambas ocasiones.

—Así es, inspector. Pero no era una queja, ni mucho menos —se apresuró a decir el policía a modo de disculpa.

—No le estoy reprochando nada en absoluto —añadió el inspector—. Tengo una corazonada y quiero conocer los detalles.

—Discúlpeme. No volveré a interrumpirle.

—Como le decía —prosiguió el inspector—, según tengo entendido, el motivo de esa comida era para celebrar el regreso de su cuñado, puesto que competía en una prueba automovilística en Marruecos.

—Cierto. Así es.

—Bien. Quisiera comprobar si existe alguna relación entre las explosiones y estas pruebas en Marruecos; por esto le he hecho llamar. Quiero que me cuente lo que sepa de ello.

—Le contaré lo que sé. Hace un año, más o menos, mi cuñado se compró un coche nuevo, un cuatro por cuatro, y le cogió afición a eso de ir por cualquier sitio, menos por la carretera. A través de Internet se enteró de la existencia de un club automovilístico que organiza competiciones por el desierto de Marruecos. Se apuntó, hizo unas pruebas y esta es la segunda vez que ha ido a competir. Esta mañana ha embarcado en Ceuta de regreso y supongo que, si no ha llegado ya, estará a punto de hacerlo. No sé nada más.

—De momento es suficiente. Gracias. Si me pudiera conseguir el nombre y la dirección de ese club, ya me hacía el favor completo.

—Le preguntaré a mi cuñado.

—Confío en su discreción, pero es mi deber recordárselo: no hable con nadie de esto, ni siquiera con su cuñado.

—Descuide. Soy como las tumbas del cementerio de San Fernando.

—Esas son blancas y su uniforme es azul, pero me vale con eso. Muchas gracias y suerte.

Acto seguido intercambió opiniones con Sonsoles acerca de los detalles de la entrevista con el sargento.

—¿Te das cuenta? —preguntó el inspector—. ¿No habíamos oído antes algo de estas competiciones en el desierto?

—Así es. Lo tengo por aquí. Uno de los amigos del señor Álvarez se dedica a ello. Incluso me enviaron de Madrid los detalles de la organización.

—Si coincide con lo que me diga el sargento, quizá hayamos encontrado el «eslabón perdido».

—No te sigo.

—No sabría explicártelo, pero mi intuición vuelve a funcionar.

Dos días más tarde, el sargento de la Policía Local volvió a reunirse con el inspector González. La información que le suministró fue de lo más satisfactoria: el club organizador era el mismo que utilizaba el amigo del presidente de la peña y, lo más importante, la próxima competición estaba prevista para el 30 de noviembre.

—Esto que me dice usted —le contestó agradecido el inspector— me es de suma utilidad. Lo único malo es que tendré que joderle de nuevo la comida.

—La verdad, contaba con ello —respondió el policía—. No sé cuál puede ser su alcance, pero, por el interés que demuestra, supongo que hay cierta relación.

—Y supone bien. Si se confirma la relación, será la última comida que se pierda.

—Espero que haya suerte por el bien de todos.

El inspector ordenó el desmantelamiento del dispositivo de seguridad que se había establecido en la ciudad y, después, comunicó al presidente de la Junta andaluza y a la alcaldesa sus averiguaciones y cuáles serían los siguientes pasos que se iban a dar.

—Si no me equivoco —les dijo a ambos mandatarios—, hasta primeros de diciembre podemos estar tranquilos.

—¿No es algo arriesgado? Parece que se lo está jugando a una carta —dudaba la alcaldesa.

—¿Acaso podemos hacer otra cosa? Según me dijo usted misma, no podemos mantener el dispositivo de vigilancia permanentemente. Yo le sugiero retirarlo ahora, que no hace falta, y reponerlo el 30 de noviembre, pero de forma mucho más discreta que lo que hemos hecho hasta ahora.

—Conforme. Usted es el experto y yo el político. Me consta cuál es mi papel y no deseo entrometerme. Haga lo que crea más oportuno —afirmó el presidente de la Junta.

Algo más tarde, Sonsoles le sugería al inspector que tuviera cuidado:

—Daniel, te lo dice una amiga y no una compañera: ten cuidado. Al mínimo error te cortarán la cabeza.

—Lo sé, pero yo soy así. ¡Qué se le va a hacer!

Efectivamente, pasaron varias semanas en las que la normalidad fue el aspecto dominante en la vida sevillana. Al igual que entonces, la gente fue olvidándose de lo ocurrido; casi todos,

excepto Sonsoles y Daniel González, por el interés en desentrañar el caso, y las autoridades políticas, que mostraban una actitud
expectante ante el acierto o fracaso del inspector.

El 30 de noviembre se recibió de Madrid la confirmación
de la salida del nuevo *rally* en el desierto marroquí. Asimismo, el
sargento de la Policía Local comunicó al inspector la participación de su cuñado, quien se uniría a la comitiva ese mismo día.

El dispositivo de alerta se puso en funcionamiento inmediatamente, conforme habían planificado Sonsoles y el inspector
a lo largo de varias semanas. Decenas de policías se camuflaron
entre turistas y visitantes de todo tipo por los lugares más concu-
rridos del casco histórico de la urbe. Incluso hubo algunos que
se desplazaron a la vecina Santiponce con un grupo de personas
mayores que visitaban las ruinas de Itálica.

Aunque identificaron a un par de ladronzuelos adolescentes
que intentaron robar teléfonos móviles, no pudieron comprobar
quién iba a ser el receptor de los mismos. La unánime respuesta
era que los utilizaban y luego los vendían mezclados con las
prostitutas de la Alameda de Hércules. Sin embargo, el dispositivo
planificado continuaba adelante.

Cinco días más tarde todos los agentes estaban encargados
de encontrar los artefactos cuya explosión esperaban. Su misión
era identificarlos y asegurarse de que la deflagración causara los
menores daños. No tenían que neutralizarlos, a menos que su-
pusieran un peligro serio. El engaño debía mantenerse siempre
que fuera posible.

Por otra parte, el inspector González coordinó una acción
simultánea valiéndose del ofrecimiento que le hizo el capitán de
la Comandancia de la Guardia Civil. Esta parte del plan consis-

tía en controlar los vehículos de la competición deportiva a su llegada al puerto de Algeciras, tomar los nombres y domicilios de los conductores, así como las matrículas de sus coches, y, tras comprobar el automóvil que correspondía al amigo del presidente de la peña sevillista, someterlo a un seguimiento por medio de un vehículo camuflado.

En el puerto de Algeciras esperaban la llegada de la caravana automovilística durante la tarde del día 6 de diciembre. La mañana de ese día, tal y como había previsto el inspector González, hubo cinco explosiones a primera hora. Asimismo, en el ordenador central del ayuntamiento, igual que en casos anteriores, alguien dejó un documento de texto con alusiones futbolísticas. También como en las otras ocasiones, las explosiones afectaron a locales relacionados con el Real Betis Balompié. Todo se estaba desarrollando según había anticipado Daniel González.

A las cuatro de la tarde un fax de la Comandancia Marítima en el puerto de Algeciras daba cuenta de la lista de vehículos y sus ocupantes. Se había argumentado un fallo de los ordenadores para retener los coches, pero no podrían mantener la farsa por mucho tiempo. Necesitaban respuesta urgente.

Sonsoles y el inspector se volcaron sobre la lista y allí estaba el objetivo: Fernando Frelago, natural de Valencia y vecino de una localidad situada a setenta kilómetros de Madrid. Conducía un Nissan Patrol turbodiésel de color marrón y matrícula registrada en Madrid. Ese era el coche que debían seguir sin perderlo de vista. Diez minutos más tarde todos los coches de la competición salían ordenadamente del puerto gaditano. La competición deportiva había terminado y empezaba la cacería.

El despacho del inspector González se había transformado en un auténtico centro de control operativo. Junto con él, volcados sobre un mapa de carreteras de la zona, se encontraban Sonsoles, el jefe de la Policía Local y el capitán de la Comandancia de la Guardia Civil. Además, contaban con un equipo de radio para comunicarse con la patrulla de seguimiento.

Sobre el mapa trataban de anticiparse a cualquier posible acción. Fernando Frelago y su compañero de competición podían tomar dos caminos. El primero, el lógico, era tomar la autovía A-381 en la localidad de Los Barrios hasta Jerez de la Frontera y luego continuar por la autopista A-4 hacia Sevilla. El otro camino, algo más largo, era continuar por la carretera N-340, siguiendo la línea de la costa, hasta enlazar a la altura de San Fernando con la N-IV. Esta vía era más compleja de controlar por tener mayor densidad de tráfico y más vías de salida. Tras sopesar las posibilidades, llegaron a la conclusión de que cualquiera de las rutas podía ser válida; dependía del cansancio de los conductores y, sobre todo, de sus intenciones, que todavía desconocían.

—Bravo 1 a Central. ¿Me reciben? —se escuchó por el altavoz de la emisora.

—Aquí Central. Le recibimos alto y claro, Bravo 1 —respondió el capitán.

—El objetivo enfila la A-7 en sentido San Roque y Málaga. Visibilidad buena, tráfico ligero y fluido.

—Recibido, Bravo 1. El objetivo puede tomar la A-381 en la salida 1115. Confirmen ruta y comuniquen las anomalías y el paso por puntos importantes.

—A la orden. Cambio y corto.

Pocos minutos después volvió a sonar la emisora:

—Bravo 1 a Central. Objetivo toma la A-381. Entramos en el término municipal de Los Barrios. Operación continúa sin novedad.

—Recibido, Bravo 1. Si continúa la ruta tendrán relevo en la entrada de la autovía A-4. Exactamente en el kilómetro 662 de la N-IV, en la autovía de Jerez. En Alcalá de los Gazules entrará otro coche para que marquen distancia y no se note demasiado. Avisaremos. Cambio y corto.

La tensión contenida aumentaba en el centro de control a medida que pasaban los minutos. De vez en cuando recibían comunicaciones del coche perseguidor, conforme a las instrucciones impartidas: «Marcha sin incidentes. Han pasado el cruce con Medina Sidonia en Huelvacar-Paterna». «Objetivo próximo a Jerez; toma la N-IV sentido Sevilla».

El primer momento delicado se dio cuando Fernando Frelago se dispuso a entrar en la autovía de Sevilla. Había que realizar el relevo de los seguidores con el fin de evitar cualquier sospecha.

—Bravo 1 a Central. Estamos a la altura del cruce de Jerez de la Frontera. El objetivo toma la A-4 con destino a Sevilla. Cambio.

—Recibido, Bravo 1. Atención, Bravo 2. Preparados para el relevo.

—Aquí Bravo 2. Establecido contacto visual con el objetivo. Entra en la autovía… Central, nos ha rebasado. Tomamos relevo y efectuamos seguimiento.

—Central a Bravo 1. Bravo 2 recoge el testigo. Entren en Jerez y regresen a base. Gracias por su colaboración.

—Bravo 1 a Central. Mensaje recibido; regresamos a base y buena caza.

—Central a Bravo 2. Informe.

—Aquí Bravo 2. Mantenemos contacto visual con el objetivo a trescientos metros de distancia. Ruta despejada. Velocidad media de 130 kilómetros por hora.

—Recibido, Bravo 2. Diez kilómetros más adelante hay una patrulla circulando a la velocidad límite autorizada. Ello les facilitará el seguimiento. Si no hay novedad, tendrán relevo en el área de descanso del Cerro del Fantasma, término municipal de Los Palacios. Cambio.

—Recibido, Central. Cambio y corto.

La idea del coche patrulla circulando al límite de la velocidad máxima autorizada fue una estupenda decisión. A pesar de que hubo una leve congestión en la autovía, se pudo hacer el seguimiento del todoterreno con total garantía, ya que ofrecía la posibilidad de camuflarse con otros vehículos.

La marcha prosiguió sin incidentes. El todoterreno vigilado no hizo ningún intento de detenerse en las áreas de descanso y nuevamente se reprodujeron las tensiones al aproximarse a la zona del Cerro del Fantasma.

Los relevos se habían previsto con el fin de cubrir mejor el engaño. Al cambiar los vehículos que perseguían al coche conducido por Fernando Frelago, este era incapaz de sospechar o intuir que era objeto de seguimiento. Así pues, se comportaría con total naturalidad y llevaría a cabo sus planes.

—Bravo 2 a Central. Nos encontramos a un kilómetro del área de descanso El Fantasma.

—Recibido, Bravo 2. Bravo 3, comunique cuando establezca contacto visual con el objetivo.

—Bravo 3 en posición y listo para relevo.

Un minuto más tarde, Bravo 3 comunicaba a Central:

—Bravo 3 a Central. Establecido contacto visual. El objetivo ha rebasado nuestra posición y procedemos al seguimiento. Confirmamos que hemos tomado el relevo.

—Recibido, Bravo 3. Procedan según el plan. Bravo 2, rebase al objetivo y tome posición de apoyo a Bravo 4 a la entrada de Sevilla, en el cruce con la SE-40. Si toma la SE-40, continuará Bravo 4; en caso contrario, proceda, Bravo 3.

La entrada a Sevilla era el punto más conflictivo. La densidad del tráfico aumentaba considerablemente; por otra parte, estaba la posibilidad de tomar la SE-40 o la SE-30. El cruce con la autovía de circunvalación SE-30 presentaba la dificultad añadida de confluir en un corto espacio varias incorporaciones y salidas para diversos destinos de la ciudad. Por ello, se había pensado en dotar de refuerzos esta zona en previsión de que accidentalmente se perdiera el rastro del todoterreno. Sin embargo, surgió algo que no habían previsto.

Poco después de tomar el relevo, Bravo 3 comunicó a Central:

—Bravo 3 a Central. ¿Me reciben?

—Le recibimos, Bravo 3. Informe.

—El objetivo se sale de la autovía. Toma dirección Dos Hermanas. Continuamos el seguimiento.

—Por favor, Bravo 3, confirme acción.

—Confirmamos, Central. Objetivo en dirección a Dos Hermanas por SE-687, kilómetro 2,200. Continuamos el seguimiento.

—Recibido, Bravo 3. Extremen precauciones. Acción no prevista. Repito. Extremen precauciones.

Sin duda fue una sorpresa para las personas reunidas en el despacho del inspector González. Era evidente que no tenía sentido atravesar la localidad de Dos Hermanas por la antigua

N-IV para dirigirse a Sevilla y todos, incluido Daniel González, habían pensado que algo, lo que fuera, iba a realizarse en Sevilla, pero nunca en una población de sus alrededores. Por otra parte, ahora tenían claro que lo que esperaban iba a ocurrir.

El aumento en la densidad del tráfico y los diversos semáforos que jalonaban la travesía de la localidad hicieron reducir la distancia con el Nissan Patrol. Fue entonces cuando una nueva comunicación aumentó la tensión en el despacho de Daniel González y puso a prueba los nervios de los allí reunidos.

—Atención, Central. El objetivo se desvía de la ruta. Repito. El objetivo gira a la derecha y se adentra en la población.

—¿Puede identificar el nombre de la vía? —preguntó el capitán encargado de las comunicaciones.

—Negativo. En los alrededores hay un polígono industrial.

—Seguramente es la avenida de Colón —se apresuró a informar Sonsoles.

—Bravo 3, reporte lo que ve en los alrededores —ordenó el capitán.

—Vemos a nuestra derecha e izquierda naves industriales, al fondo hay una glorieta… Atención, el objetivo se detiene en la glorieta. Procedemos a rebasarlo y tomamos posición de observación.

Mientras, Sonsoles se afanaba con un plano de la localidad de Dos Hermanas para intentar adivinar el lugar en donde se encontraban. Por otra parte, Bravo 3 continuaba informando:

—Central, un individuo de aspecto magrebí se aproxima al objetivo. Pedimos autorización para tomar fotos con la cámara del radar.

El capitán cruzó una mirada con el inspector para pedir su opinión.

—Que no utilicen *flash* —fue su respuesta.

—Bravo 3, proceda sin *flash*.

—A la orden. El conductor ha descendido del vehículo y se dirige al portón trasero. Salen cinco individuos del interior; aparentemente estaban ocultos en el automóvil.

El caso había tomado forma, ya conocían al supuesto autor. El capitán preguntó al inspector:

—¿Los detenemos?

—Puede que haya más —respondió el inspector—. Tenemos las fotos como pruebas. Quizás vayan armados y necesitemos refuerzos. Continúen el seguimiento y utilicemos a Bravo 2 y Bravo 4.

—Correcto —dijo el capitán—. Bravo 3, prosigan con el seguimiento. Pondremos en posición a Bravo 2 y Bravo 4 como refuerzo.

—Los magrebíes se dirigen a una de las naves. El objetivo reanuda la marcha; regresa a la antigua N-IV.

—Hay que darse prisa —dijo el capitán—. Atención, Bravo 2 y Bravo 4. Diríjanse por SE-30 y establezcan contacto con el objetivo y Bravo 3.

—Bravo 4. Recibido.

—Bravo 2. Recibido.

Ya tenían suficientes pruebas inculpatorias, aunque estas no demostrasen directamente que Fernando Frelago era el responsable de las explosiones y de la incursión informática en el ayuntamiento. Aun así, era el momento de cerrar el cerco.

Cuando los tres coches estuvieron en posición sobre el objetivo, hubo que esperar a que este llegara a una zona menos concurrida de tráfico. El momento propicio surgió cuando enfilaron la carretera N-IV con dirección a Córdoba y Madrid. Allí le cercaron y le obligaron a detenerse en el arcén.

No hubo intento de resistencia. Fue una detención rápida y limpia. La primera inspección en el lugar de la detención evidenció que el automóvil estaba equipado con un moderno equipo para navegar por el desierto, incluido un indicador de posición por satélite, un GPS. También encontraron dos ordenadores portátiles y teléfonos móviles satelitales, junto con varias baterías de repuesto.

Cuando tuvieron noticia de que los detenidos estaban en la Jefatura Central, el capitán de la Guardia Civil le indicó escueta y reglamentariamente al inspector:

—Señor inspector, ya tiene a su hombre; está a su disposición.

—Muchas gracias por su colaboración y transmita a sus hombres mis felicitaciones —respondió—. Veamos qué nos dice y luego iremos a por ese moro. Tráiganme las fotos de Bravo 3 tan pronto como estén listas.

—A sus órdenes.

En ese momento se dio la operación por suspendida temporalmente. Aún tenían que localizar al magrebí de Dos Hermanas, pero Fernando Frelago podía ser la cabeza del grupo y Sonsoles tenía un material muy interesante que analizar; material que con toda seguridad aportaría pruebas definitivas.

Evidentemente, Fernando negó todos los cargos que le imputaban y solicitó la presencia de un abogado antes de hacer cualquier tipo de declaración. El inspector contaba con ello y fue claro y directo.

—Mire usted, tenemos pruebas documentales que demuestran tráfico de personas. Y le digo más, me voy a anticipar a su posible respuesta: no venga ahora a decirme que a esos pobres moros los recogieron en la carretera. Les hemos seguido desde el puerto de Algeciras. Además, si hubiera sido así, irían en el asiento trasero, pero nunca ocultos dentro del coche, el cual, por si fuera poco, tiene modificado el habitáculo para poder disponer de un auténtico zulo móvil. Le dejo unos minutos para que se lo piense mientras voy a ver a su compinche.

El compañero de Fernando era un tipo mucho más débil. No fue necesario hacer ningún tipo de presión. En cuanto se vio detenido y esposado en las dependencias policiales contó todo lo que sabía, aunque era bien poco.

Dijo que él simplemente se limitaba a ver, oír, callar y hacer de copiloto. Percibía algún dinero de Fernando por mantener el silencio y no hacer preguntas. Sabía que Fernando navegaba por Internet durante las noches valiéndose del teléfono móvil; precisamente por ello necesitaba llevar varias baterías de repuesto. Sin embargo, no sabía ni quería saber qué hacía en Internet ni en qué páginas entraba.

Durante un descanso, el inspector recibió el juego de fotos tomadas por los guardias civiles. Afortunadamente la luz era buena y las imágenes habían salido suficientemente nítidas. Luego vino Sonsoles con listados de todo tipo y la cara sonriente.

—Daniel, creo que tenemos todo. Uno de los ordenadores no tiene nada, sólo información referente al recorrido de la prueba deportiva, pero en el segundo he encontrado de todo.

—Explícate, por favor.

—Mira, en cualquier ordenador existe un lugar donde se guardan las páginas de Internet que has visitado con el fin de que, cuando visites de nuevo esa misma web, la carga de la información sea mucho más rápida. He revisado ese directorio, bueno, ese lugar, y he podido rastrear todo lo que ha hecho en los últimos cinco días.

—Estupendo. Déjame ver.

—Mira, aquí tienes el acceso al proveedor de Internet argentino. ¿Recuerdas?

—Perfectamente.

—Y aquí tienes los mensajes de texto que envió a otros tantos teléfonos móviles.

—¿Has encontrado algo de la incursión municipal? —preguntó el inspector.

—También. Tenemos los originales de todos los textos que colgó en el sistema municipal.

—¿Hay más?

—¿No me vas a preguntar lo que falta?

—Sí, pero no sé cómo lo llamas. Lo de la firma esa, lo de «J. F. Álvarez».

—Exacto. El registro de usuario de la máquina.

—Pues eso.

—El usuario de este portátil es «J. F. Álvarez» —dijo triunfalmente Sonsoles.

—Una auténtica secuencia de pistas falsas. Una secuencia que hemos descubierto gracias a ti.

—En absoluto —respondió Sonsoles—. Gracias a tu intuición y perseverancia.

—Eso lo discutiremos luego con unas cervezas. Y si digo que es gracias a ti, no olvides que soy tu superior y estamos de servicio.

—Ya veremos con las cervezas… cuando no estemos de servicio.

—Antes de eso —dijo el inspector— repasa los teléfonos móviles: qué llamadas han hecho y cuáles han recibido. Luego prepara una infraestructura para localizar a ese moro de Dos Hermanas.

Mientras Sonsoles revisaba los teléfonos encontrados en el Nissan Patrol y preparaba una infraestructura tecnológica para localizar al magrebí, el inspector González reanudó el interrogatorio con Fernando Frelago. Este sucumbió ante las abrumadoras evidencias que le pusieron frente a sí y confesó todo. Su declaración fue una corroboración, casi punto por punto, de lo que había averiguado Sonsoles.

Respecto al magrebí de Dos Hermanas, Fernando dijo que su nombre era Mustafá Moftah y que lo había conocido hacía unos dos años, más o menos, en otro circuito por el desierto marroquí. Desconocía dónde poder encontrar a Mustafá, siempre se comunicaban por teléfono; por supuesto, teléfono móvil, cuyo número le facilitó.

Después, con la presencia de un abogado, se formalizó la declaración por escrito y fue puesto a disposición judicial.

Mientras tanto, Sonsoles había descubierto cómo localizar a Mustafá Moftah: un número de teléfono móvil, el cual coincidía con el facilitado por Fernando Frelago. Después preparó una infraestructura tecnológica para localizar y capturar al magrebí.

Dos horas después estaban todos nuevamente reunidos en el despacho del inspector González y Sonsoles explicaba su plan:

—Caballeros, he conseguido el apoyo del operador telefónico que da servicio a Mustafá. Nos van a prestar cobertura de localización geográfica a través de su teléfono móvil y nos van a transmitir su posición. Me he servido del ordenador de Fernando

Frelago, pues he comprobado que tiene instalada una aplicación de señalización geográfica. Con unos pequeños cambios que he hecho, seremos capaces de comprobar sobre el mapa de la provincia que ven en la pantalla, o sobre el de la ciudad, la posición exacta del teléfono, lo cual significa saber dónde se encuentra Mustafá. Lo único que necesitamos es que hable lo suficiente para que el operador localice su señal y nos la transmita.

—Eso significa que podremos ver sobre el ordenador dónde está y hacia dónde va, ¿cierto? —preguntó el capitán de la Guardia Civil.

—Así es, señor.

—Necesitaremos a alguien que sea capaz de hacerle hablar o, por lo menos, que mantenga abierta la conexión —reflexionó el inspector.

—Correcto —afirmó Sonsoles.

Luego, dirigiéndose al jefe de la Policía Local, le dijo:

—Por favor, tráigame a los agentes más vacilones que conozca.

—¿Cómo dice? —respondió el policía municipal.

—Lo que le digo. Necesitamos a alguien que le hable mucho y seguido o que le haga hablar. Supongo que usted conocerá quiénes de sus hombres poseen estas características. Traiga a alguien que sea capaz de venderle la Giralda a la propia alcaldesa. Con tres individuos será suficiente, y si al menos uno de ellos es una mujer será mejor. Lo digo por variar los timbres de voz y evitar que sospeche.

—De acuerdo. Como esto funcione, nos vamos a dar una *pechá* de reír.

—Con tal de que funcione, me basta. Después lo celebraremos todos juntos.

Al poco rato dos hombres y una mujer, acompañados por su superior, entraban en el despacho del inspector. Correctamente uniformados, en posición de firmes y algo aturdidos, escucharon las palabras de González.

—Lo que les voy a encargar es sumamente importante. De ustedes dependerá que podamos capturar a uno de los responsables de las explosiones que hemos sufrido en esta ciudad. Pero deben estar relajados, así que desde ahora mismo compórtense con naturalidad, como si estuvieran con sus amigos, y olviden los uniformes. Se lo pido por favor, pero si quieren se lo ordeno.

—Por favor, Daniel, así no se relaja nadie —terció Sonsoles.

—Tienes razón —reconoció mientras se sentaba sobre la mesa—. Por favor, dejen las gorras, desabróchense las chaquetas y siéntense. Les voy a explicar el plan. Vamos a localizar a ese tipo haciéndole hablar por teléfono. Mientras mantenga la conversación o no corte la comunicación, recibiremos su señal en estos chismes y podremos enviar una patrulla para detenerle. Hagan ustedes lo que sea, pero que mantenga abierta la línea el tiempo suficiente. Cuéntenle chistes, véndanle lo que quieran, lo que se les ocurra. En resumen, que le vacilen todo lo que puedan y más, si es posible. Por eso les han escogido.

—¿Puedo hacerle una pregunta? —dijo uno de ellos.

—Las que quiera; otra cosa es que le pueda responder.

—¿Qué se sabe de este pollo?

—Sólo que se llama Mustafá y que es magrebí, posiblemente de Marruecos.

—¿Cuándo empezamos? —preguntó la mujer.

El inspector miró a Sonsoles para trasladarle la pregunta.

—Nosotros estamos preparados. Vosotros, cuando queráis. Os hemos preparado un despacho contiguo al nuestro para evitar ruido de fondo. Os pasaremos instrucciones por señas a través del cristal. Como os decía el inspector, debéis sentiros cómodos y relajados. ¿Qué os parece si nos tomamos un café antes de empezar?

—Yo preferiría un rebujito, pero estamos de servicio, ¿no? —respondió uno de ellos.

—Tiene usted razón. Pero me gusta su forma de empezar —afirmó el inspector esbozando una sonrisa—. Vayan a por ese café, ahora les acompaño.

Cuando el inspector se reunió con ellos, charlaban animada y distendidamente junto a una máquina de Coca-Cola. Uno de los recién llegados, el del rebujito, le comentó al inspector:

—Nos ha estado contando Sonsoles cómo han ido descubriendo lo de los petardos. La verdad, ¡es usted un cacho policía de los que no hay!

—Seguro que Sonsoles no les ha contado todo. Si no hubiese sido por sus conocimientos de informática, todavía estaríamos saliendo a correr por la calle cada vez que hubiera algún ruido extraño.

—Ya, pero lo de relacionar la prueba de Marruecos con todo esto es mucha tela —apuntó la mujer.

—Eso lo da la experiencia del oficio. Seguro que ustedes son capaces de anticiparse a la situación en el terreno que conocen. ¿A que son capaces de adivinar si un conductor va a cometer una infracción sólo por la forma de conducir o de sentarse ante el volante?

—Cierto. Hay uno en mi zona que, cuando le veo venir, ya sé si va a girar al contrario o va a aparcar en prohibido. Ya no saco el libretón. ¿Pa qué?

—Lo que les decía, cada uno en lo suyo es un maestro. ¿Qué les parece si empezamos? ¿Se encuentran más cómodos?

—¡Vamos allá! A este Mustafá lo vamos a marear.

—Tampoco se pasen. No la vayamos a fastidiar.

—Tranquilo, jefe. Yo sé lo que me digo.

Acomodados en el despacho contiguo, provisto de un teléfono, esperaban una señal de Sonsoles para marcar y comenzar con la parodia. El inspector y sus acompañantes estaban expectantes. Sonsoles bajó el brazo para indicarles que era el momento y el primero de ellos comenzó a marcar. Cuando se estableció la comunicación, empezó a hablar y hablar. Mientras, una luz roja parpadeaba sobre el mapa visualizado en la pantalla del ordenador. Esa luz era Mustafá o, mejor dicho, su teléfono.

—Hola, Fali, quillo. Soy el Jesulín. Oye, tío, que no te pude llamar el otro día, pero escuché tu mensaje. Mira, es que he estado mu liado; ya sabes, que no paro. Que te llamaba para ver si quedamos donde siempre, en el bar del Rafa. Digo que nos tomamos unas cervecitas y ya me cuentas lo que quieras, porque es que, si no, no hay forma de vernos. Yo creo que es lo mejor. Más tranquilitos me lo cuentas to, a tu manera, ¿vale?… ¿Qué dices, tío, que no te entiendo?… ¿Que no eres Fali? Venga, no me jodas, que estoy mu *ocupao* y no puedo vacilar… ¡Ah! ¿No es ese el 686 934 500?… ¿No? ¿Que va conduciendo?… Pues oiga, lo siento. Disculpe, ¿eh?… Nada, nada. Ha sido una equivocación mía. Adiós.

—¡Magnífico! —exclamó Sonsoles—. Le ha mantenido más tiempo del que esperaba. Está en la autovía de Huelva, a la altura de Chucena, y viene a Sevilla.

—Vamos a dejarle respirar un poco para no atosigarle —indicó el inspector. Luego, dirigiéndose al capitán y al jefe de la Policía

Local, sugirió—: Podemos poner una patrulla por aquí, por Umbrete, para seguirle de cerca y asegurarnos. Más adelante, con otra patrulla por Castilleja de la Cuesta, antes de la SE-30, le detenemos.

—Me parece bien —dijo el jefe policial.

—Estoy de acuerdo —corroboró el capitán—. Voy a dar las órdenes a la Comandancia.

Mientras se alejaba el capitán de la Guardia Civil, el inspector se dirigió al jefe de la Policía Local y, en un aparte, le comentó:

—Quisiera pedirle un favor.

—Tal y como está llevando usted la investigación, no puedo negarle nada. Dígame.

—Bien. No es un favor para mí, sino para nuestro amigo el sargento.

—No le entiendo —respondió el jefe con perplejidad.

—Le explico. Gracias a su queja o comentario, eso es lo de menos, ha sido posible establecer una conexión entre las explosiones y las actividades de Fernando Frelago. Su amigo lleva muchos años de sargento y si detiene a Mustafá seguro que recibirá alguna distinción o recompensa. Lo que le pido es que le asigne a la patrulla de Castilleja y dejamos a su cargo la detención de Mustafá con el apoyo de la Guardia Civil.

—La verdad es que da gusto trabajar con usted, inspector González. Veré lo que puedo hacer.

—Por supuesto, usted y yo no hemos mantenido esta conversación, ¿me entiende?

—La verdad es que no sé de qué me habla. Yo voy a nombrar una patrulla con los agentes que tenga disponibles en este momento —respondió el jefe de la Policía Local a la par que hacía un gesto significativo y guiñaba un ojo.

—Da gusto trabajar con colaboradores perspicaces. No le entretengo más.

—¿Sabe una cosa que admiro de usted, inspector?

—Dígame.

—La entereza con la que plantó cara a los políticos, sobre todo el otro día en San Telmo. Envidio su independencia, algo que yo no tengo en mi trabajo, ya que dependo directamente del alcalde de turno.

—Créame, eso me lo puedo permitir de momento porque no tengo obligaciones familiares. Cuando ello ocurra tendré que tomar mayores precauciones.

—Me gustaría hablar con usted más a menudo.

—Cuando usted quiera. Siempre hay un momento para que dos amigos y colegas puedan intercambiar impresiones.

—Gracias de nuevo. Voy a organizar esa patrulla y, dadas las circunstancias, designaré a los agentes más adecuados…, como usted me sugiere.

Luego, cuando Sonsoles y el inspector se quedaron solos en el despacho, ella comentó:

—Daniel, en el fondo eres un sentimental.

—Es una forma de agradecer la ayuda que he recibido.

—Pero hay muchos desagradecidos por ahí. Muy pocos se comportan como tú.

—Vale, déjalo, por favor. Voy a hablar con estos chicos.

Los agentes hicieron un ademán de levantarse en cuanto se abrió la puerta del despacho contiguo; sin embargo, el inspector les hizo un gesto para que continuaran sentados.

—Tranquilos. Esto no es un cuartel. Sólo quiero decirles que lo han hecho muy bien, mejor de lo que me esperaba.

—Gracias, inspector —respondieron prácticamente al mismo tiempo.

—Les explico lo que vamos a hacer ahora. Vamos a colocar dos coches en la carretera por delante de Mustafá. Con uno de ellos le identificaremos y con el otro le detendremos. Para conseguirlo hay que procurar que esté al teléfono cuando pase por el lugar donde colocaremos las patrullas.

—Ya entiendo —dijo la mujer—. Cuando pase por la primera y vean a un morito con el teléfono en la oreja, sabrán que es él; y luego, en la otra, le detienen por hablar por el móvil mientras conduce.

—Exacto. Confiemos en que no lleve un manos libres.

—¡Ea, ya habéis oído! —exclamó ella—. La próxima soy yo, que le voy a hacer la lista de la compra, y tú mientras le rezas a la Macarena pa que no lleve el chisme ese del manos libres.

—¿Necesitan algo? —preguntó el inspector.

—Nada, gracias. Está todo bien —respondió uno de ellos.

—De acuerdo. Suerte.

A continuación, en el despacho, comentó con Sonsoles las posibilidades que había para hacer coincidir la nueva llamada con el paso por el punto donde estuviera la patrulla.

—Daniel —dijo Sonsoles—, relájate un poco. ¿Es que no piensas más que en el trabajo?

—Estamos a punto de solucionar el caso con éxito y no quiero que se nos escape nada, y menos este tipo.

—Tranquilo, compañero. Más o menos he podido calcular la marcha que lleva. Si no se ha detenido, creo que en veinte minutos podremos llamarle y hacerlo coincidir con el paso por Umbrete.

—No sé qué haría sin ti y tus cacharros informáticos.

—Pues seguir actuando como un policía tradicional. Un buen policía, pero al que le costaría más trabajo resolver ciertos delitos.

En ese momento regresaron el capitán de la Guardia Civil y el jefe de la Policía Local para confirmar que ambas patrullas estaban en los lugares designados.

—La patrulla de Umbrete ya está en su lugar —anunció el capitán—. He dispuesto un coche sin distintivos y los agentes llevan una copia de las fotos tomadas en Dos Hermanas.

—Excelente —contestó el inspector—. ¿La patrulla de Castilleja?

—Está en camino. Supongo que estarán tomando posiciones en un par de minutos. También llevan una de las fotos.

—Conforme. Estamos preparados. Ustedes se comunicarán con sus respectivas patrullas para coordinar los movimientos.

Luego añadió, dirigiéndose a Sonsoles:

—Ahora tú tienes el control de todo. Dinos cuándo podemos empezar.

Ella, mirando su reloj, contestó:

—Creo que sólo tenemos tiempo de tomarnos un café.

—Yo me encargo de traerlos —dijo el inspector—. Al fin y al cabo, ahora estoy un poco de convidado de piedra.

—No estoy de acuerdo. Usted tiene en esta comedia el papel del burlador de Sevilla —afirmó el jefe de la Policía Local—. Puesto que yo soy el último en actuar, déjeme que les invite, aunque sea café de la máquina.

—De acuerdo, pero incluya a esos chicos.

Dejaron transcurrir el tiempo que Sonsoles estimó necesario e hicieron la nueva llamada. Al igual que la vez anterior, la luz roja parpadeante indicaba la posición de Mustafá sobre el mapa digital. Sonsoles hizo gestos a la mujer para que siguiera hablando, puesto que la luz mostraba una posición algo más alejada de lo que habían previsto. Seguramente Mustafá hubo de reducir su velocidad por algún motivo y ello les obligaba a tener que mantener la conversación durante algún tiempo adicional.

—Hola, buenos días. Mire, que le voy a hacer un pedido. Tome nota, que tengo mucha prisa. Mire, que me prepare doscientos de chorizo de Cantimpalos; cien de jabugo, pero que me lo corte con cuchillo, no con la máquina, que luego no me sabe el jamón a na, ¿vale? También me pone 150 de mortadela, de la que tiene olivas. Luego cuarto de queso, del mantecoso, no del fuerte. ¿Qué dice, que no le oigo? Escuche, que no me puedo parar, sigo. También me pone salami, 150, dos puntas de jamón, cuarto y mitad de alcaparras… ¡Ah, salchichón! 150 también… Pero ¿cómo? ¿Que no es La Recova?… ¿Y usted no sabrá el teléfono?… Pues nada, lo siento. Figúrese que una vecina me ha dado este número, porque me dice que en esa charcutería tienen un género mu bueno y que está muy bien de precio, y que me digo: «¡Ea, pues vamos a probar!». Y ahora, ¡ay, qué sofoco!, que le he dado a usted la lista del pedido, ¡válgame! Pues tendré que llamar a mi vecina para que me lo dé otra vez, porque seguro, segurito, que he tomado algún número mal. Y claro, ahora no puedo hacer el pedido, ¡vaya! Y como tengo mucha prisa, pues que no me puedo acercar por allí, porque si no iría, pero es que no puedo…

Mientras ocurría este monólogo disparatado, en el despacho del inspector se recibió una llamada de la patrulla.

—Central, establecido contacto visual con el objetivo. Iniciamos seguimiento.

—¿Están seguros? Por favor, confirmen.

—Conductor de aspecto marroquí, similar al de la foto recibida como modelo. Conduce una furgoneta tipo *transit* e iba hablando por un teléfono móvil. Iniciamos maniobra para ponernos en paralelo y contrastar.

—Recibido. Avisen cuando confirmen.

—A la orden.

A pesar de esta buena noticia, la mujer proseguía con su disertación:

—¡¿Pero qué me dice?! ¿Que va conduciendo? ¡No me lo puedo creer! Oiga, tenga cuidado, no le vayan a poner una multa. Porque yo se lo digo siempre a mi novio: «Carlos, no hables por el móvil en el coche, que ahora hay mucha vigilancia con eso de los móviles», pero él que no me hace caso y un día de estos le van a poner una multa y le va a estar bien empleado. Porque es lo que yo digo: si al menos se parase, no pasa na. Entonces que hable todo lo que quiera, porque si está quieto no le pueden poner una multa, ¿verdad? ¿A que tengo razón? Pues eso es lo que yo le digo.

Ella seguía hablando sin parar, haciendo gala de un derroche de imaginación asombroso. Entre tanto, la patrulla de seguimiento confirmaba el contacto con Mustafá Moftah y Sonsoles hizo señas para que cortase la llamada. El segundo paso del operativo se había conseguido.

—Bueno, que no le quiero entretener. Muchas gracias por su cortesía y conduzca con precaución. Adiós.

Cuando cortó la comunicación hubo un aplauso unánime tanto por parte de sus compañeros como del inspector González, Sonsoles y sus acompañantes. Ella respiró profundamente varias veces para recuperarse de la tensión a la que había estado sometida durante esos minutos, ya que era consciente de la responsabilidad que estaba asumiendo.

Para el punto final tendrían que esperar la llamada del coche que perseguía a Mustafá. Tenía instrucciones de avisar cuando estuviera a escasos kilómetros de Castilleja de la Cuesta y, conforme estaba previsto, así fue.

De inmediato se cursó aviso al puesto de los municipales sevillanos. Ellos detendrían a Mustafá y, con cualquier excusa, lo trasladarían a la Jefatura Central, donde el inspector González le acusaría formalmente de tráfico de personas. A continuación, el tercero de los agentes reclamados por el inspector, un gaditano llegado a Sevilla hacía algo más de un año, hizo su llamada:

—¡*Pisha!* ¿Qué pasa, tío? ¡Que hace *musho* tiempo que no hablamos! ¡Oye, tío, que yo pensaba que te habías muerto sin invitarme al entierro! ¿Qué pasa, maricón? Mira, que voy este fin de semana *pallá* y nos podemos comer unas *zapatillas*[2] *en ca'* Paco, que siempre las tiene muy fresquitas. Mira, *pisha,* que tenemos que hablar lo del carnaval. A ver si hay una *mijilla* de suerte y nos llevamos el premio. Hay aquí, en Sevilla, un tío que tiene mucha gracia componiendo letrillas y nos puede preparar unas cuantas. Luego nosotros con el bombo y las guitarras les ponemos la música. *Pisha,* este año rompemos el Falla. ¿Qué dices, *pisha?* ¿Que no puedes hablar? ¡*Cohone!* ¿Qué pasa, tío?...

Se cortó la comunicación y se hizo un silencio sepulcral en ambos despachos. Se notaba la tensión en los rostros y, además, el tercer agente estaba contrariado. Él pensaba que había fracasado.

Poco después se recibió una llamada, que atendió el Jefe de la Policía Local. El comunicado fue escueto: «Misión cumplida». Habían detenido a Mustafá Moftah con el pretexto de utilizar el

---

[2] Zapatilla: nombre con el que se conoce a la dorada en la jerga coloquial gaditana.

teléfono móvil mientras conducía y ahora iban con él de camino hacia la Jefatura Central.

La alegría y las felicitaciones por el éxito se desbordaron en ambos despachos. El inspector González agradeció efusivamente a los tres agentes su colaboración y su superior les concedió el día libre.

Posteriormente, durante el interrogatorio y ante la presión de las evidencias, Mustafá confesó su participación, junto con Fernando Frelago, en el tráfico de inmigrantes desde Marruecos y la posterior colocación de estos entre diferentes agricultores o empresarios de la construcción.

Todo había concluido y el misterio estaba aclarado.

Al día siguiente, Daniel González acudió de nuevo al Palacio de San Telmo para dar cuenta al presidente de la Junta de Andalucía y a la alcaldesa de Sevilla de la resolución del caso. Ante ellos hizo un repaso pormenorizado de sus averiguaciones:

—En primer lugar, señor presidente, los explosivos se activaban con la recepción en un teléfono móvil de un mensaje de texto recibido desde un proveedor de Internet argentino. Fernando Frelago, en el desierto de Marruecos, se conectaba a Internet. Para ello sólo necesitaba su propio teléfono, uno satelital. Conectaba su móvil al portátil y ya tenía en sus manos una auténtica oficina aunque estuviera en medio del Sahara. En el siguiente paso, para operar en la red, utilizaba un proveedor marroquí de servicio gratuito; esto lo hacía por ahorrar coste de llamada telefónica. Una vez conectado, no tenía más que teclear la dirección de Internet del proveedor argentino y luego, cuando le apareciera la pantalla, introducir uno por uno los números de teléfono que antes le había facilitado Mustafá desde Sevilla y un mensaje; bastaba con que escribiera cualquier cosa. La detonación se producía cuando sonaba el timbre del teléfono receptor.

—¿Por qué un proveedor argentino? —preguntó el presidente andaluz.

—Simple. El proveedor argentino ofrece el servicio de mensajes a móviles de forma gratuita. Si alguno de los petardos no explotaba y analizábamos el teléfono, como así hicimos, nos dejaba una pista falsa. Además, la peña internauta que investigamos apoya a un equipo llamado Sevilla Fútbol Club en Argentina, más concretamente en la provincia de Tucumán. Por lo tanto, y hablando de fútbol, echaba balones fuera.

—¿Y respecto a la incursión en la red municipal? —preguntó la alcaldesa.

—Tenemos los originales de todos los textos que colgó en el sistema municipal y también la secuencia de los nodos por los que pasó antes de acceder a la web del ayuntamiento y, desde ahí, infiltrarse en el propio sistema. Dicho de otra manera: hemos rastreado todos sus pasos en su propio ordenador.

—¿Cuál era la finalidad de todo este embrollo? —preguntó el presidente.

—Ante todo, crear confusión y despistar ante cualquier investigación, como así ocurrió. Su objetivo era traer clandestinamente inmigrantes de Marruecos. Fernando Frelago aprovechaba sus competiciones deportivas a través del desierto para reclutar en cada viaje a cuatro o cinco personas, que transportaba clandestinamente hacia España en su vehículo. Para ello había hecho ciertas modificaciones en el habitáculo del coche, de forma que pudieran camuflarse estas personas. Era un espacio muy reducido, un auténtico zulo móvil, pero suficiente para que pudieran aguantar las cuatro horas, como máximo, que supone atravesar Ceuta, cruzar el Estrecho y llegar a Sevilla. El caso es que a cada una de estas personas le cobraba entre 2.200 y 2.500 euros, con los cuales sufragaba holgadamente su afición. Por otra parte, las autoridades aduaneras de Algeciras, al tratarse de un grupo de automóviles procedente de una competición deportiva, no los revisaban exhaustivamente y se limitaban a pasar los perros del grupo de estupefacientes. Cuando llegaba a Dos Hermanas, Mustafá Moftah se hacía cargo de estas personas y Fernando continuaba su viaje de regreso a Madrid.

—¿Y qué hay de la relación entre Fernando y Mustafá?

—Se conocieron hace algo más de un par de años en una travesía por el desierto. Posteriormente Mustafá se instaló legalmente en Sevilla y un año después comenzaron este trasiego aprovechando la prueba deportiva; primero una persona en cada viaje y, más adelante, ocasionalmente dos. Mustafá colocaba a esta gente entre los freseros de Huelva o en las constructoras de Sevilla y su provincia o de la costa. Él se presentaba como titular de una empresa de trabajo temporal, con lo cual daba un aspecto de legalidad a la contratación, lo que le permitía controlar todo el flujo de dinero de esta actividad. A sus trabajadores les entregaba algo de la recaudación, lo suficiente para permitirles subsistir y poco más. Incluso hemos encontrado en su automóvil tarjetas de visita con diferentes logotipos y falsos nombres comerciales de empresas de trabajo temporal junto con sus correspondientes impresos de factura.

—¡Sorprendente! —exclamó el presidente—. Prosiga, por favor.

—Este año es cuando Fernando hizo la modificación que antes comenté y era preciso hacer algo que mantuviera ocupados a todos los cuerpos de policía y, con ello, tener plena libertad de movimientos. Eligieron la localidad de Dos Hermanas por su polígono industrial, pues este es un lugar muy poco concurrido habitualmente. Fernando suministró a Mustafá una buena cantidad de pólvora. Creemos que puede estar relacionada con el robo de hace varios meses en un taller de pirotecnia de Valencia, pero no lo hemos podido probar. También le enseñó a Mustafá a manipular los teléfonos móviles que actuaban como detonador. Los explosivos siempre han sido de escasa potencia y muy simples; el objetivo era hacer mucho ruido y causar alarma. Mustafá, o gente bajo su control, los dejaba durante la noche en los sitios señalados. De nuevo, para desviar la atención, los colocaban en lugares relacionados con el Betis y nos hacían pensar que era algo relacionado con la habitual rivalidad entre seguidores del Betis y del Sevilla.

—¿Por qué lo de «J. F. Álvarez» en los textos que infiltró? —preguntó la alcaldesa.

—Otra maniobra de despiste —contestó el inspector—. Lo cierto es que Fernando Frelago es conocido del presidente de una peña sevillista internauta, cuyo nombre coincide con «J. F. Álvarez». Esta peña a través de Internet es un caso insólito en el fútbol español. Cuando instaló el sistema operativo en su ordenador, identificó su máquina con el usuario «J. F. Álvarez», puesto que de alguna manera relacionaba Sevilla y sus actividades en nuestra ciudad con su conocido sevillano y sevillista.

—Dicho en pocas palabras —comentó el presidente—, habían organizado una «patera de línea regular» con recepción de «fuegos artificiales».

—Bueno, es una forma de decirlo.

—La verdad es que era un plan perfecto, sin fallos —afirmó el presidente.

—Disculpe —dijo el inspector—. Si no hubiera sido por un fallo, estaríamos más o menos igual que al principio, puesto que habría tenido que dejar libre a Fernando Frelago.

—¿Un fallo? —preguntó el presidente—. Yo no lo veo. Dígame cuál.

—Bien. Para ser más precisos, son dos los fallos que se han cometido en este asunto. El primero, el de Fernando, fue no borrar el rastro que deja el ordenador sobre las páginas web a las que se ha accedido; y el segundo, el bajo nivel de seguridad de los sistemas informáticos municipales. En palabras del propio acusado, «es un sistema muy débil, muy poco protegido». No obstante, también he de decir que, primero, no era previsible una acción de este tipo y, segundo, me consta que todo ello fue subsanado de inmediato y de forma muy eficaz por el personal de informática del ayuntamiento.

—Señor González —dijo el presidente—, le agradezco sus explicaciones y le felicito por el buen trabajo que ha realizado y el éxito alcanzado. Para serle sincero, me sorprendieron sus métodos un tanto inhabituales; sin embargo, el resultado ha corroborado la eficacia de estos. Enhorabuena, inspector.

—Comparto la opinión del presidente —manifestó la alcaldesa, no sin cierto malestar por la alusión al sistema informático—. Reciba también mi más sincera felicitación.

Una vez resuelto el caso, el inspector González se dispuso a redactar un informe pormenorizado donde daba cuenta del proceso investigador, así como de las pruebas inculpatorias obtenidas durante la investigación. También redactó una carta de agradecimiento al presidente de la peña sevillista, la cual cursó a Madrid por conducto oficial e incorporó al expediente.

En esta carta decía lo siguiente:

Estimado Sr. Álvarez:

El motivo de la presente es comunicarle que las investigaciones sobre las explosiones habidas en Sevilla, y que atentaban fundamentalmente contra locales vinculados al Real Betis Balompié, han culminado felizmente y los culpables han sido detenidos.

Como consecuencia de ello, tanto usted como el resto de socios de la peña sevillista han dejado de ser objeto de investigación por parte del cuerpo de Policía tras haberse comprobado que sus actividades están relacionadas exclusivamente con el ámbito deportivo y la promoción de eventos relacionados con el fútbol.

Deseo agradecerle personalmente su colaboración en esta investigación, la cual ha sido fundamental para el esclarecimiento de los hechos que, como ya conocerá, nos han permitido relacionar a alguien de su círculo de conocidos con estos lamentables acontecimientos.

Sin otro particular, reciba un cordial y agradecido saludo.

Daniel González
Inspector jefe de Policía
Jefatura Central (Sevilla)

Al día siguiente toda la prensa nacional se hizo eco de la feliz noticia mediante el despliegue en primera página de los correspondientes titulares al efecto, algunos un tanto sensacionalistas: «Una peña sevillista, pieza clave en la resolución de las explosiones», «Los terroristas pretendían inculpar a seguidores del Sevilla», «Los sevillistas, en el ojo del huracán».

Esa noche, Daniel González y Sonsoles tomaban unas cervezas en la terraza de un bar próximo al río Guadalquivir.

—Bueno, flamante señor inspector —decía Sonsoles—, te has salido con la tuya. Has resuelto el caso, te has ganado el respeto de los políticos y les has puesto en su sitio. Además, todo ha vuelto a la normalidad y ellos, los políticos, con toda seguridad volverán a ganar las elecciones gracias a ti. Estarás satisfecho con todas las felicitaciones que has recibido.

—Felicitaciones que he hecho extensivas a todos, especialmente a ti, y que he resaltado en mi informe. Además, según me han dicho, te han propuesto para un ascenso.

—¿Y nosotros qué? ¿Qué hay de nosotros, Daniel?

—Nosotros vamos más despacio. Disfrutando tranquilamente —respondió el inspector.

—Ya. Sin prisa, pero sin pausa. Sin que te toquen los cojones, ¿no?

—Eso depende de quién y cómo.

—¡No me digas! Me sorprendes —exclamó Sonsoles.

—Así es. Cuando no estoy de servicio, las cosas pueden ser diferentes.

—¿Te importaría explicármelo?

—Todo lo contrario. Estoy deseándolo.

La pareja se levantó y juntos se perdieron en la penumbra de una calle solitaria camino de sí mismos.

Un nuevo caso comenzaba para el inspector de Policía Daniel González, sólo que esta vez tomaría un cariz muy diferente a los anteriores.

Un robo por etapas

El presidente del banco no daba crédito al informe que tenía en sus manos. Transpiraba convulsivamente a pesar del fuerte aire acondicionado de su despacho. El informe del servicio de Auditoría Interna indicaba, sin dejar resquicio a la duda, que se había producido un robo en la entidad. No era un robo al uso, de esos con asalto a mano armada; había sido un robo limpio, sin violencia, sin nocturnidad, pero con la suficiente alevosía y sin dejar rastro. Había sido el robo perfecto, tan perfecto que aún no lo habían podido cuantificar; pero lo más importante, lo más grave, era que podía volver a ocurrir en cualquier momento.

El Banco Andaluz de Desarrollo era el más importante de Andalucía y uno de los más prestigiosos de España. Su reputación era incuestionable, pero si se publicara este suceso mermaría notablemente su credibilidad. Su presidente, un hombre del banco de toda la vida, era consciente de todo ello; había que actuar rápido y con discreción absoluta. Cuando empezó a marcar en su teléfono móvil ya sabía quién podía resolver las incógnitas que presentaba el informe.

Aquel día se presentaba monótono como otro cualquiera. Daniel González, inspector de policía adscrito a la Jefatura Provincial de Sevilla, redactaba un informe referente a la última investigación en la que había participado. Se trataba de un caso de escasa importancia y que se había resuelto en poco tiempo.

Cuando estaba a punto de finalizarlo, sonó el teléfono de su despacho. Era su inmediato superior, que le requería para una reunión urgente. Daniel dio los últimos retoques a su informe y lo envió al destinatario por medio del correo electrónico; después cogió su chaqueta y se encaminó por un largo pasillo a la reunión convocada.

Antonio Sánchez, el director a quien Daniel González reportaba sus actividades, era un veterano policía curtido en numerosos casos de muy diversa índole, desde meros abandonos de hogar hasta redes internacionales de tráfico de estupefacientes. Al inspector González no se le escapó la expresión de preocupación que mostraba el rostro de su jefe cuando entró en su despacho; no obstante, y debido a la mutua confianza tras varios años de trabajo en común, se mostró relajado y confiado.

—Daniel —dijo el director de la unidad—, me ha llegado una petición muy extraña para ti. Sólo hay tres personas al corriente en toda la Policía española: uno de los jefazos de Madrid, yo mismo y ahora tú. Para serte sincero, esto no me gusta, pero quien ha lanzado esta petición ha mencionado tu nombre y lo han avalado en Madrid.

—Bueno, Antonio —contestó el inspector—, deja de darle misterio al asunto y cuéntame lo que sea.

—Claro que lo voy a hacer; pero, como compañero y amigo, prefiero prevenirte. De todas formas, la decisión es tuya.

—Gracias, no esperaba menos.

—Pues allá voy —respondió el director tras exhalar un suspiro—. El presidente del Banco Andaluz de Desarrollo solicita tu presencia para un caso que les ocupa. No han dado más detalles sobre qué es eso que les preocupa, puesto que, ante todo, desean total discreción. Sin embargo, y como te decía antes, todo viene avalado por uno de los jefazos de Madrid. ¿Qué te parece?

—¿Qué quieres que te diga? Comparto tu opinión. No me huele bien y no puedo negarme a acudir. Dame el mandato o lo que tengas que darme y llamaré al banco para decirles que esta tarde voy a verlos.

—Ahora viene la segunda parte. Tengo instrucciones de no escribir ni un solo papel sobre este caso. Oficialmente este caso, o lo que sea, no existe. Te repito: no existe —dijo remarcando la repetición—. El banco se compromete de palabra a actuar dentro de la ley y a facilitarte todos los medios para que hagas tu trabajo, pero cualquier documento escrito debe quedar en el banco.

—¡Joder con el secreto bancario! —exclamó el inspector—. ¿Y dices que esto lo aprueban en Madrid?

—Así es. ¿Comprendes ahora mi preocupación? Y otra cosa…

—¿Hay más?

—No es preciso que les llames para concertar la primera entrevista. Basta con que te acerques por allí y el propio presidente te recibirá.

—¿Cómo se llama mi interlocutor, el presidente del banco?

—Ignacio Ladrón de Guevara.

—Buen nombre para un banquero —respondió el inspector—. ¿Tienes algo más?

—Nada, pero hagas lo que hagas cuenta con mi apoyo.

—Gracias, Antonio.

Después de esta reunión, el inspector quedó tan preocupado como su superior. Evidentemente era un planteamiento extraño, que se quedaba al margen de toda su experiencia como policía. Como ya se había percatado, no podía negarse a actuar, puesto que su nombre venía avalado por la Dirección General de Madrid, así que no le quedaba otra opción que acudir al Banco Andaluz de Desarrollo para, al menos, saber de qué se trataba.

El banco estaba situado en la avenida de la Palmera, la gran vía de salida de Sevilla hacia el sur. A lo largo de esta amplia avenida se habían instalado empresas de todo tipo: financieras, consultoras, lujosos despachos de abogados y lo más selecto del sector empresarial de servicios de la ciudad. Era la vía financiera y comercial de Sevilla.

Tal y como le habían informado, fue recibido inmediatamente por el presidente, don Ignacio Ladrón de Guevara. Era el típico financiero de toda la vida que se había formado en el propio banco desde su juventud; dejó transitoriamente la entidad años atrás para desempeñar algún puesto directivo en una institución financiera del Reino Unido, pero luego regresó fortalecido cuando el banco adquirió a uno de sus competidores para formar la primera institución financiera de Andalucía. Desde entonces su carrera apuntó directamente hacia la presidencia que ostentaba ahora. Era el típico hombre que vivía por y para el banco; después de su familia, su único interés era el banco que dirigía y había consolidado con su empeño.

El despacho de don Ignacio era sobrio y ecléctico, aunque confortable y de buen gusto. Era un sitio donde se podía trabajar muy cómodamente sin percibir el transcurrir de las horas.

Don Ignacio recibió efusivamente al inspector González:

—Reconozco que es una grata sorpresa. No pensaba que acudiría tan pronto, señor González.

—La verdad es que mi superior en la Jefatura sólo me ha dicho que ustedes me necesitaban para un asunto de suma importancia, sin facilitarme más detalles. Por ello, he comprendido que debía ser un tema urgente —respondió con un casi inapreciable toque irónico.

—No se equivoca usted. Pero pase a mi despacho y acomódese; aunque el tema que le voy a confiar es realmente urgente, no lo es tanto como para que no nos encontremos cómodos.

Los dos hombres pasaron al despacho del presidente y este dio instrucciones a su secretaria para que no fueran interrumpidos. Después cerró tras de sí la puerta y ofreció al inspector un vino fino, que este rechazó con cortesía.

—Entiendo —dijo el presidente—, está de servicio. Pero quisiera que considerase esta reunión como un asunto fuera de sus obligaciones. Como si fuera una visita personal.

—La verdad, don Ignacio, me es difícil considerar esta entrevista como usted me pide. Nunca he conversado con el presidente de un banco y mi sueldo de policía me impide hacer operaciones financieras con los altos cargos de mi banco.

—No se preocupe, le comprendo, igual que comprendo que le resulte difícil llamarme por mi apellido, especialmente siendo usted policía.

—Observo que es usted muy perspicaz —dijo el inspector al tiempo que esbozaba una media sonrisa—. Es cierto, me resulta complicado tratar con alguien que se apellida Ladrón y es banquero.

—Bueno, hay gente que nos llama ladrones sin inmutarse, pero son gajes del oficio. Pero, por favor, siéntase como en su casa. Le sugiero que dejemos de lado el «señor» y el «don». Yo suelo tutearme con mis directores.

—Pero yo no soy uno de sus directores.

—Bueno, eso nunca se sabe. Pero lo dejo a su criterio.

—Si no le importa, me gustaría que me facilitara los datos de que disponga sobre el objeto de esta entrevista. ¿Cuál es ese asunto tan prioritario y por qué el secretismo con el que quiere llevarlo?

El presidente hizo una pausa que aprovechó para tomar un ligero sorbo de su catavinos. Parecía que quería tomarse unos segundos para reflexionar sobre lo que iba a decir. Mientras, el inspector González inspeccionaba el rostro del hombre que tenía frente a sí tratando de buscar un gesto, un ademán o cualquier comunicación no verbal que pudiera decirle cómo era ese hombre, algo que le desvelara sus intenciones. Por su parte, don Ignacio Ladrón tampoco apartaba su mirada del inspector; al tiempo que paladeaba el aroma ligeramente afrutado que fluía de su copa, miraba de reojo a su interlocutor con aparente despreocupación. Parecía como si ambos fueran experimentados jugadores de póker.

Finalmente, el presidente del Banco Andaluz de Desarrollo recuperó el hilo de la conversación:

—Por supuesto que le contaré todo lo que sabemos hasta ahora, pero permítame que antes le diga algo para que no tenga una imagen equivocada de este banco.

—Le escucho.

—El principal activo de un banco es, por decirlo en términos financieros, un activo inmaterial: la confianza de sus clientes. Si esta confianza se resquebraja, por muy poco que sea, el banco se tambalea y corre un grave peligro de crisis. Por esto hemos tomado estas precauciones, que sus superiores en Madrid han entendido perfectamente. En ningún momento nos ha movido un afán de secretismo, ¡qué va! Solamente se trata de preservar la confianza y el buen nombre del banco.

—Pero la Policía no va contando por ahí los detalles de los casos en los que actúa. ¿Conoce usted a algún médico que haga públicos los historiales de sus pacientes? Basta con que usted nos pida máxima confidencialidad para que tomemos las precauciones necesarias y que no se produzca ninguna notoriedad.

—Por supuesto que soy consciente de ello —replicó el presidente—, pero ustedes tienen que redactar informes, levantar atestados y, si capturan al delincuente, ponerlo a disposición judicial. Sería suficiente con que cualquier periodista husmease algo para que sus esfuerzos y los nuestros se fueran al traste.

—¿Por qué no han acudido a la empresa privada?

—Porque no nos fiamos. No nos fiamos de su garantía de confidencialidad y no nos fiamos de su eficacia.

—Permítame que le diga que no entiendo ni percibo lo que busca.

Nuevamente el presidente tomó su copa para repetir el ritual anterior. Después se levantó y se detuvo ante la ventana de su despacho sobre la avenida de la Palmera. Acto seguido miró fijamente a los ojos del inspector y le dijo:

—Quiero que trabaje para mí; mejor dicho, para el Banco Andaluz de Desarrollo.

El inspector quedó sorprendido por la respuesta, pero controló sus nervios para que su cara no evidenciase ningún gesto. Seguidamente, haciendo acopio de calma, preguntó:

—¿Le importaría ser algo más explícito?

—Lo que le pido, lo que le ofrezco —aclaró el presidente con determinación—, es que sea empleado del banco, al menos mientras resuelve este caso. Luego usted decidirá lo que quiera. Si le gusta el banco, se puede quedar como director de seguridad, pero si quiere volver a su trabajo como inspector será muy libre de ello. Como usted es funcionario, podría solicitar una excedencia; puedo asegurarle que sus superiores la autorizarán de inmediato y actuarán con la misma celeridad cuando usted solicite el reingreso, si opta por esta decisión. Yo, el banco, sabré recompensarle adecuadamente y como se merece en cualquier caso. Pero mientras esté en el banco su misión será esclarecer el misterio que nos preocupa y sólo nos informará a mí y a la junta directiva cuando yo lo considere oportuno.

—Supongamos que no acepto su propuesta.

—Su nombre nos ha llegado avalado por gente muy importante de Madrid. Si se diera esta posibilidad, tendría que hablar con mis contactos para que me sugieran otra persona, y comprenderá que tendría que explicar esa hipotética decisión suya.

—En definitiva, don Ignacio, me hace usted una oferta que no puedo rechazar.

—Por favor, Daniel, no sea usted así. Yo también he visto *El padrino* —dijo el presidente con tono socarrón.

—Discúlpeme, no soy muy diplomático.

—Lo sé. Me he informado sobre usted a conciencia. Conozco bien sus virtudes y ciertos pequeños defectos…, como este. Pero, como le decía antes, quiero que se encuentre cómodo. No piense que deseo presionarle ni hacerle una encerrona, ni mucho menos, pero tengo que tomar mis precauciones para salvaguardar el banco por los motivos que le expliqué anteriormente.

—Necesito hacerme una composición de lugar.

—Comprendo que esté algo sorprendido.

—Efectivamente, así es. ¿Podría hacerle unas preguntas?

—Pregunte lo que quiera.

—Para usted el banco es lo primero, supongo.

—Después de mi familia, así es —respondió don Ignacio con claridad y firmeza.

—Entiendo que este asunto que le preocupa tanto y del que aún no me ha contado nada está relacionado con el banco.

—Así es, no se equivoca.

—Si tiene que ver con el banco, es algo de dinero; y debe ser de mucho dinero.

—Sí. Puede ser así.

—¿Un robo quizás?

—No se equivoca. Y me reafirmo en que usted es la persona que necesito, pero ya le he dicho más de lo que pensaba contarle antes de que usted me diera una respuesta definitiva —zanjó con firmeza el presidente.

—Conforme. No le preguntaré más —dijo el inspector—. Me gustaría tomarme un par de días para reflexionar un poco antes de darle una respuesta.

—Por supuesto. No tengo ningún inconveniente. Esperaré una semana; si para entonces no he recibido noticias de usted, entenderé que ha decidido otra cosa y no le reprocharé nada. Pero confío en su palabra de que no agotará ese plazo.

—Descuide, que sabrá de mí dentro de poco —afirmó el inspector.

—Le acompaño, pero tenga mi tarjeta personal. Llámeme cuando quiera; también tiene ahí el número de mi móvil. No se preocupe ni por la hora ni por el momento.

Ambos hombres caminaron por elegantes y sobrios pasillos hasta el patio central de operaciones, donde clientes de todo tipo contrataban transacciones financieras o ingresaban sus ahorros. Allí se despidieron con un apretón de manos y Daniel González regresó a su despacho en la Jefatura Provincial de Sevilla.

El inspector González regresó a su despacho caminando. El paseo por la avenida de la Palmera y el Parque de María Luisa le ayudó a clarificar sus ideas y también a hacerse cargo de la situación. Le pedían que dejara de ser un servidor de la ley durante una temporada e, indirectamente, se lo pedían sus superiores de Madrid. ¿Sería posible que don Ignacio Ladrón de Guevara tuviera tanto poder? La idea no le agradaba mucho, puesto que la investigación que tendría que llevar a cabo le limitaría considerablemente los medios y el margen de maniobra, el cual, por otra parte, ya lo tenía bastante limitado a raíz de la conversación mantenida.

Cuando llegó a la Jefatura fue a ver a su director.

—Antonio, necesito hablar contigo.

—Me lo imaginaba —respondió su jefe—. Pero es mejor que hablemos fuera de la Jefatura. Vámonos a comer y me cuentas.

Los dos policías se fueron a un restaurante lleno de turistas en una de las callejuelas del barrio de Santa Cruz. Allí, en una mesa situada en un rincón, pudieron conversar tranquilamente sin ser interrumpidos.

—Te agradeceré que no me cuentes nada de tu reunión en el banco —dijo Antonio Sánchez.

—Tranquilo, no te pondré en ese compromiso. Pero parece que sabes algo que yo no sé sobre esto.

—¡Joder, Daniel! No se te escapa nada.

—O que te estás haciendo mayor. Venga, dime.

—Ha llegado una nota interna de Madrid —explicó el director—. Me dicen que acceda a cualquier petición tuya de inmediato y sin preguntar.

—Antonio, necesito un aumento de sueldo —replicó el inspector con una broma.

—Daniel, que esto es muy serio. No sé de qué va y me preocupa.

—Yo también estoy preocupado, aunque no lo parezca. ¿Sabes algo de Ignacio Ladrón de Guevara?

—Sé que es un tipo muy influyente en las altas esferas de la economía y la política del país. Se lleva perfectamente tanto con los socialistas como con los conservadores. Está presente en cualquier evento social importante que pueda haber en España. Fue invitado a las bodas de las infantas, del rey y de la hija de Aznar y conserva muy buenas relaciones con banqueros y políticos ingleses.

—Algo así como el amigo de todos —remató el inspector.

—Eso es lo que le hace ser para algunos un tipo peligroso. Un tipo que puede hacer fracasar la carrera de cualquiera si se lo propone o le falla. Daniel, ¿te das cuenta? Este tío puede hablar de ti, para bien o para mal, al mismísimo ministro del Interior.

—Me hago cargo. Otra cosa, ¿qué sabes del Banco Andaluz de Desarrollo?

—Poca cosa. Es un buen banco; ofrece un buen servicio, aunque sea algo caro. Yo tengo cuenta en él y estoy contento.

—¿Has notado o has oído algo fuera de lo normal últimamente?

—En absoluto. Incluso han mejorado el servicio. Han cambiado todas las oficinas y ahora los empleados manejan pocos papeles. Todo lo hacen por el ordenador.

—Bueno, con esto creo que es suficiente. Gracias, Antonio.

—¿Qué vas a hacer?

—Me parece que voy a tener que aprender algo de economía y finanzas.

—Ten cuidado —dijo Antonio casi con desesperación.

—Tranquilo, jefe, tranquilo.

—¡No me jodas, Daniel! ¿Somos amigos o no?

—Por supuesto que lo somos. Y por eso mismo vas a pagar esta comida; yo tengo mucho que hacer.

—¡Qué mariconazo que eres! Ya me la has jugado. ¿Me puedes contar algo?

—Voy a mi despacho a consultar algo por Internet y luego me iré a la hemeroteca.

—Daniel…

—Lo sé, Antonio. Tendré cuidado y te llamaré si necesito ayuda.

—Vale. No quiero ser un pesado, pero estoy preocupado.

—Ahora no te puedo decir nada, pero cuando pueda o tome una decisión te aseguro que serás el primero en saberlo todo.

—Confío en ti, pero cuídate.

—Hasta luego, Antonio.

Daniel González se encerró en su despacho y conectó su acceso a Internet. No hizo caso del correo electrónico y se dedicó a consultar la página web del banco. Leyó detenidamente cuantas reseñas aparecían allí aunque no le aportaran mucha información. Una y otra vez analizó todo hasta casi aprendérselo de memoria.

Después, cuando salía de su despacho para ir a la hemeroteca, se encontró con Sonsoles Heredia, una compañera y amiga especializada en la investigación cibernética con la que ya había trabajado anteriormente. No fue un encuentro casual, puesto que fue ella quien quería hablar con Daniel.

—Daniel, ¿tienes un minuto para mí? —preguntó Sonsoles.

—Iba ahora a la hemeroteca a consultar cierta información, pero sabes que para ti siempre puedo hacer un hueco. ¿Te apetece un café?

Mientras recorrían los pasillos de la Jefatura, Sonsoles no se anduvo con rodeos y centró rápidamente la cuestión que quería tratar. La relación de compañerismo y amistad que tenía con Daniel le permitía tomarse ciertas libertades que serían inimaginables con otros compañeros.

—Me han llegado rumores sobre un extraño caso que te han asignado las altas esferas de Madrid y también de que Antonio está preocupado contigo.

—Algo hay de ello —respondió el inspector—. Aunque no es exactamente así.

—¿Puedes contarme algo? ¿Te puedo ayudar de alguna manera?

—De momento sólo puedo decirte que es algo confidencial, muy confidencial, y que está relacionado el Banco Andaluz de Desarrollo. Aún no he asumido el caso y las condiciones que me piden son algo anómalas, más bien atípicas. ¿Sabes tú algo de ese banco?

—Casi nada. Sólo que cambiaron toda su informática hace poco y que hoy es una de las mejores de España.

—Ya es algo. Precisamente voy a la hemeroteca para recabar lo que pueda sobre el banco. Mañana quiero tener claro si voy a asumir el caso o no.

—Me sorprendes, Daniel. ¿Desde cuándo consideras la posibilidad de rechazar un caso? —preguntó Sonsoles.

—Ya te he dicho que las condiciones son extrañas.

—¿Qué condiciones son esas?

—De momento es confidencial, pero puedo asegurarte que, si acepto, te enterarás de todo y muy bien. Ahora soy yo quien te pregunta. Me parece que habrá trabajo de ordenadores en este caso. ¿Querrías trabajar conmigo si acepto?

—Me parece un planteamiento excelente: quieres que me tire a la piscina a ciegas y no me dices siquiera si hay agua. Depende de las condiciones.

—Las condiciones serían las mismas que me piden a mí y no estoy seguro de que hayan considerado la presencia de dos investigadores. Sólo presionaría para ello si puedo contar contigo —confesó el inspector.

—Confío en ti, Daniel. Si tú aceptas, por muy extrañas que sean esas condiciones, sabré que no estás haciendo ninguna locura. Puedes contar conmigo, y además lo sabes.

—Muchas gracias por tu confianza. No vemos mañana a primera hora… en mi despacho.

—¿Cenamos esta noche y me anticipas algo?

—De verdad que me gustaría, pero creo que, de momento, no es conveniente que nos vean juntos. En la Jefatura es más justificable.

—¿Tan extraño es? —preguntó con sorpresa.

—Ni te lo imaginas… Mañana.

—De acuerdo. Hasta mañana. Ten cuidado.

El inspector salió solo de la Jefatura y se encaminó hacia la hemeroteca municipal. Allí consultó cuanta información pudo encontrar sobre el Banco Andaluz de Desarrollo y pudo corroborar la información que le había facilitado Sonsoles.

Gracias a la prensa económica supo que el banco acometió la implantación de un nuevo sistema informático como consecuencia del efecto del año 2000 y el euro, el cual fue ampliando y mejorando desde entonces. Gracias a ello el Banco Andaluz de Desarrollo se consolidó como la primera entidad financiera de Andalucía y una de las más importantes de España. La opinión de los especialistas financieros era unánime en cuanto a la prudencia y eficacia de la gestión que realizaba don Ignacio Ladrón de Guevara desde que accedió a la presidencia de la entidad. Era una gestión marcada por el control de los costes, la calidad del servicio hacia el cliente y la permanente formación del personal, procurando que los empleados se sintieran vinculados con la institución. Todo ello había supuesto que el banco se hubiera revalorizado considerablemente desde entonces.

Sin embargo, y pese a que consultó numerosos periódicos y revistas, no pudo encontrar ninguna referencia a algo relacionado con un robo, una estafa o pérdida de dinero. Nada que le diera algún indicio, por mínimo que fuese, sobre el asunto que había tratado con don Ignacio. Era un banco respetable y fiable, el objetivo fijado por su presidente. Asimismo, observó que la presencia de don Ignacio Ladrón de Guevara en la prensa, e incluso su propio nombre, era muy discreta, enormemente discreta.

Ello trajo a su memoria algunos fragmentos de la conversación que mantuvo con él: la discreción era la máxima de cualquier banquero que se preciase como tal.

Daniel González se encontraba en una encrucijada. Por un lado, su vocación de investigador le empujaba a aceptar la proposición del banquero y desentrañar un caso que intuía importante; pero, por otra parte, era consciente del riesgo que ello suponía. Le desagradaba actuar sin la cobertura legal de policía y, si surgían complicaciones, ello podía suponer un riesgo para su carrera. Por otra parte, era evidente que don Ignacio estaba muy bien relacionado con los estamentos políticos del país, por lo que cualquier desliz que pudiera cometer podría suponerle un notable revés en su carrera y ello, en el supuesto de que pudiera regresar al cuerpo de Policía, era un importante riesgo que debía medir.

Fue el último en salir de la hemeroteca; los empleados ya le habían dado un par de avisos sobre la hora de cierre y poco después abandonó el local. En el camino hacia su domicilio arrastraba sus dudas por calles solitarias, iluminadas por la tenue luz ámbar del alumbrado público. El paseo durante la noche y recibiendo en el rostro la refrescante humedad del Guadalquivir le ayudaba a poner en claro sus ideas. No obstante, pudo percibir que no estaba solo; algo, su intuición, le indicaba que alguien le seguía. Lo más probable era que fuese un delincuente de poca monta, quizás un carterista interesado en unos pocos billetes y el reloj o un drogadicto desesperado que buscaba algo con lo que pagarse su dosis diaria.

Daniel González hizo varios intentos de despistarle, pero no dieron fruto; eso hizo que se sintiera incómodo al tiempo que confirmaba sus sospechas: quienquiera que fuese le perseguía a él.

Fue entonces cuando se adentró en el barrio de Santa Cruz. Sus callejuelas, algunas estrechas y sinuosas, le permitirían sorprender a su perseguidor. Daniel conocía perfectamente ese barrio; estaba muy próximo a la Jefatura y solía comer en sus restaurantes. Era otoño y se había reducido la afluencia de gente en los bares, lo cual le permitiría actuar con mayor libertad de movimientos. Se dirigió hacia una zona próxima a los muros de los Reales Alcázares; allí había un conjunto de calles cortas y estrechas que a esas horas estarían poco transitadas. Apresuró el paso y atravesó las calles haciendo diversos regates a derecha e izquierda. En uno de esos quiebros pudo ver un portal entreabierto y se adentró en él, ocultándose tras un portón de madera barnizada.

A través de la rendija entre el portón y el cerco pudo ver el rostro de su perseguidor. Era un hombre joven, de veintipocos años, bien vestido pero informal; se encontraba desconcertado ante la imprevista pérdida de su objetivo. El inspector vio cómo avanzaba hasta sobrepasar su punto de observación; con suma cautela, salió de su escondite empuñando su arma reglamentaria y pudo sorprender a su perseguidor por la espalda. Con rapidez le clavó el cañón del arma en el cuello, por debajo de la mandíbula, a la par que le sujetaba con el brazo por el cuello.

—Un solo movimiento o un grito y te dejo seco —advirtió el inspector.

El desconocido se quedó petrificado y en silencio durante unos segundos, que debieron parecerle eternos. Cuando el inspector comprobó que no tenía intención de oponer resistencia, lo impulsó contra la pared del edificio y, tras cachearle, comprobó que no iba armado. Luego extrajo su cartera del bolsillo trasero del pantalón y comprobó su identidad: un detective privado.

—¡Vaya! Uno de la competencia. Ya me estás contando qué hacías y quién te paga —ordenó mientras guardaba su arma.

—Sólo cumplo con la misión que me ha encargado mi jefe —respondió el asustado detective—. Desconozco quién es el cliente.

—¿Sabes quién soy? ¿Desde cuándo me sigues?

—Tomé el relevo a un compañero mientras estaba en la hemeroteca. Sólo le conozco por una foto.

—Por lo que veo, eres un principiante. Vas a decirle a tu jefe que para seguir a un inspector de policía hace falta tener mucha experiencia. Así que ya puedes dar por terminada tu misión y marcharte a casa. De momento me quedo con tu carnet; ya te lo devolverán —dijo el inspector guardándose el documento.

—¡Oiga, que esto es un trabajo legal! —protestó el detective.

—No me cabe la menor duda —contestó el inspector con ironía—. Pero no me gusta que vigilen mis pasos. Ni siquiera mis superiores.

Los dos hombres se miraron en silencio durante unos segundos. El detective estaba confuso; era evidente que no había cumplido su misión ni la podría completar, por lo que no sabía qué hacer. Por el contrario, el inspector estaba tranquilo y con cierta satisfacción al ver cómo sufría el aprendiz que tenía frente a sí.

—Vamos, ¡lárgate de una vez! —ordenó el inspector—. Y si vuelvo a verte esta noche, te llevo a la Jefatura. Ahora que estás indocumentado ya no es un trabajo legal.

El joven se marchó más asustado por la reprimenda que recibiría al día siguiente debido a su fracaso que por la amenaza del inspector. Mientras tanto, Daniel González observó el carnet profesional del detective y esbozó una sonrisa: «Don Ignacio —pensó para sí—, se toma usted demasiadas precauciones».

Al día siguiente Daniel González cambió ligeramente sus hábitos. Salió algo más tarde de lo habitual y desayunó en la terraza de una cafetería próxima a la Jefatura.

De vez en cuando miraba de soslayo para comprobar si nuevamente era objeto de seguimiento, pero en ningún momento pudo percibir nada fuera de lo habitual.

El camarero que le sirvió el café con pan tostado y aceite se sorprendió al verle tan temprano.

—¡Vaya, don Daniel! Hoy es más pronto que nunca.

—Sí, es que me temo que voy a tener un día muy comprometido y no quiero renunciar a unos minutos de tranquilidad.

—Hace usted bien. ¿Le traigo el periódico?

—Sí, gracias.

Ya casi había terminado su desayuno cuando Sonsoles se sentó junto a él.

—¿Interrumpo alguna sesuda cavilación? —preguntó con sorna.

—En absoluto. ¿Quieres tomar algo?

—Bueno, pero sólo venía para avisarte de que Antonio está preguntando por ti.

—¿Cómo es eso? —preguntó con sorpresa.

—No tengo ni idea, pero parece que él está tan sorprendido como tú ahora.

Posteriormente, ambos policías tomaron el camino hacia la Jefatura sevillana, que se encontraba a escasos diez minutos de la cafetería.

Durante el corto paseo Daniel se fijó en un hombre de mediana edad, pulcramente vestido, que estaba en la cafetería, en una mesa próxima, y que ahora compraba un periódico pocos metros por delante de la pareja. Aunque la coincidencia trajo a su mente los recuerdos de la noche anterior, prefirió dejarlo pasar y no obsesionarse; ya tendría tiempo de aclararlo con quien él suponía que podría darle las correspondientes explicaciones.

No obstante, fue Sonsoles quien, una vez dentro del edificio de la Jefatura, le comentó la misma observación, no exenta de cierta preocupación.

—Daniel, ¿te has fijado en el tío que nos ha estado siguiendo?

—Por supuesto —tuvo que reconocer—. Anoche también me siguieron, pero no hay motivo para preocuparse. No son muy profesionales.

Al tiempo que pronunciaba estas palabras, sacó de su bolsillo la tarjeta profesional del detective pipiolo.

—Pero ¿puede saberse en qué estas metido? —preguntó Sonsoles con cierta indignación.

—Vamos a mi despacho y te pondré al corriente —respondió Daniel.

Una vez en el despacho, y mientras Daniel González encendía su ordenador, le pidió a Sonsoles que cerrara la puerta. La pantalla le presentó un aviso sobre varios correos electrónicos sin leer que tenía en su buzón. Uno de ellos estaba remitido por la Dirección General de la Policía, en Madrid, mientras que el resto procedía de otros compañeros. El indicador luminoso del teléfono parpadeaba como señal de que tenía algún mensaje almacenado en su buzón de voz. Daniel conectó el dispositivo de manos libres e introdujo su clave personal para escuchar los mensajes. Enseguida oyó la voz de Lucía, la encargada de la centralita de la Jefatura: «Daniel, le ha llamado repetidas veces don José Luis Pradillo. Me ha dejado recado de que desea hablar urgentemente con usted. Tengo anotado su número de teléfono, así que sólo llámeme para ponerle en comunicación». No había más.

Sonsoles no pudo reprimir el comentario al escuchar el mensaje dejado por Lucía:

—¿No es ese uno de los jefazos de Madrid?

—Efectivamente, lo es —respondió Daniel.

—Si quieres, te dejo a solas y luego vuelvo.

—No es necesario. Por favor, quédate.

Daniel marcó el número de centralita y pidió a Lucía que le pusiera en comunicación con José Luis Pradillo.

Poco después recibió la voz dura que al otro lado de la línea respondía lacónicamente:

—Pradillo.

—Buenos días, señor Pradillo. Soy Daniel González.

El tono de voz cambió inmediatamente para ofrecer un matiz más amable.

—¡Vaya, Daniel! Llevaba un par de horas tratando de localizarle.

—Eso me han dicho. Le he devuelto la llamada tan pronto como he recibido su recado.

—Supongo que le sorprenderá una llamada directa del director de la División de Personal.

—Si he de serle sincero, no me coge de sorpresa teniendo en cuenta los últimos acontecimientos —respondió Daniel con cierta ironía.

—Es usted muy perspicaz.

—Comprenderá, comisario, que ello es parte de nuestro oficio.

—Y lo aplaudo, créame, lo aplaudo. Bien, antes de proseguir con la conversación, quisiera asegurarme de que se encuentra a solas. Lo que tengo que decirle es absolutamente confidencial.

Daniel, al tiempo que le hacía una seña a Sonsoles para que se mantuviera en silencio, respondió al director de Personal:

—Me encuentro en mi despacho y con la puerta cerrada.

—Conforme. Como usted ya se imagina, mi llamada está relacionada con su conversación con don Ignacio Ladrón de Guevara. Estoy al corriente de los términos de su petición y quiero ofrecerle todo tipo de garantías tanto si usted acepta el ofrecimiento para la investigación como si lo rechaza.

—¿Puedo conocer cuáles son esas garantías?

—Por supuesto. Si usted acepta llevar a cabo la investigación, se le concederá una excedencia en el cuerpo aduciendo motivos personales. Aunque esta argumentación no es muy habitual y normalmente se le solicita a quien la pide argumentos más precisos, no existe en el reglamento de régimen interior nada que impida aceptarla. Tengo instrucciones para aceptar esa petición de excedencia inmediatamente y, a partir de ese momento, usted dejaría de ser policía para ocupar un puesto como empleado del Banco Andaluz de Desarrollo. Por supuesto, en caso de aceptar, deberá entregar su placa y su arma reglamentaria, pero, dadas las circunstancias, no se le retirará el permiso de arma corta.

—Bien. ¿Y después?

—Después, cuando finalice la investigación, usted será completamente libre para regresar al cuerpo o, si lo desea, y espero que no sea así, continuar una actividad en el sector privado.

—¿Qué puede ocurrir si no me convence la petición de don Ignacio?

—Nada. Buscaremos a otra persona. Usted quedará completamente al margen de todo cuanto pueda rodear a este caso y también puedo garantizarle que nada de esto afectará a su hoja de servicios. Por cierto, se me olvidaba decirle que, en caso de aceptar, tampoco podrá quedar reflejado este caso en la hoja de servicios, ya que la investigación se realizará fuera del Cuerpo Nacional de Policía.

—Entiendo. Por expresarlo en términos comerciales, sería algo así como una opción con contrato de recompra.

—Es una forma atípica de decirlo, pero se ajusta bastante. Y, si usted quiere, puedo enviarle ese «contrato de recompra» por escrito. De hecho, ya lo tengo en mi mesa sólo a falta de la firma.

Tras unos segundos de silencio, Daniel tomó la iniciativa y contestó con voz decidida:

—Voy a serle totalmente franco, señor Pradillo.

—Es un gesto que le agradezco.

—Creo haber tomado una decisión sobre este asunto, pero aún no se la voy a dar a conocer. Antes quiero hablar de nuevo con don Ignacio y presentarle mis condiciones. No me gusta que me manipulen en mi trabajo. De todas formas, le agradezco sus explicaciones. ¿Por qué no me envía ese «contrato» para irnos anticipando? Creo que mañana por la mañana le podré dar una respuesta definitiva.

—Estoy de acuerdo con usted. Procuraré enviarle este escrito por medio de una mensajería urgente para que lo tenga, como muy tarde, mañana a primera hora. Y le deseo todo tipo de suerte en sus gestiones.

—Me parece adecuado y le mantendré informado.

—Espero sus noticias.

—Adiós, buenos días.

Tras colgar el teléfono, Daniel González se quedó pensativo y algo relajado hasta que Sonsoles interrumpió sus pensamientos.

—Una conversación muy interesante, pero sigo sin comprender nada.

—Vamos a ver a Antonio y os lo cuento a ambos.

Caminaron por el pasillo en silencio y se encontraron con Antonio junto a la máquina del café.

—¡Vaya, Daniel! Llevo buscándote desde la nueve…

—Lo sé, Antonio —respondió el inspector González—. ¿Tienes un minuto para mí ahora?

Antonio echó un vistazo a su alrededor y, tras mirar a Daniel a los ojos, se limitó a afirmar con la cabeza y hacer un ligero gesto.

Luego, ya más relajados en el despacho del director de la Jefatura Provincial, fue el inspector González quien tomó la palabra.

—Ya va siendo hora de que os aclare en lo que me han metido los de Madrid y lo que pienso hacer, puesto que, de alguna manera, lo que decida os afectará a ambos.

—¡Joder, Daniel! ¡Qué trascendente te pones! —replicó Antonio.

—Espera y verás —contestó Daniel—. Como os podréis imaginar, al menos Antonio, todo esto empezó a raíz de una petición del presidente del Banco Andaluz de Desarrollo y de la reunión que tuve ayer con él.

—Así que ahora te relacionas con la «nobleza» de las finanzas —comentó Sonsoles.

—No es por mi gusto —repuso Daniel—. El caso es que parece ser, eso es lo que intuyo, que alguien está vaciando la hucha de don Ignacio Ladrón. De alguna manera este se ha hecho con mi nombre, luego ha utilizado sus influencias en Madrid y quieren que me haga cargo de la investigación, para lo cual me han pedido la máxima discreción.

—¿Y dónde está lo anormal del caso? —preguntó Sonsoles.

—En que el señor Ladrón —contestó Daniel con tono irónico— quiere que yo haga la investigación, pero dejando de ser policía, y los jefes de Madrid están de acuerdo.

—¿Acaso se han vuelto locos? —preguntó Antonio Sánchez.

—Todo lo contrario, Antonio. Simplemente son políticos y se pliegan al poder económico. La historia de siempre.

—Supongo que esto tiene que ver con lo que me comentaste ayer, sin decirme nada —añadió Sonsoles—. ¿Qué papel desempeño en esto?

—Por lo que puedo intuir hasta ahora, el que le está quitando a Ignacio Ladrón los cuartos lo está haciendo a través del sistema informático. Dicho de otra manera, esa es tu especialidad y voy a necesitar tu ayuda.

—¡No me jodas, Daniel! —exclamó Antonio Sánchez—. Paso por perderte a ti, aunque sólo porque viene impuesto por los jefazos, pero no voy a consentir que te lleves a Sonsoles.

—Tranquilo, Antonio —dijo Daniel—. Ni vas a perder a nadie ni te voy a quitar a nadie. El esquema es el siguiente: si acepto el caso, tendré que darme de baja del cuerpo de Policía Judicial mediante la petición de una excedencia. Acabo de hablar con el director de la División de Personal, quien me ha garantizado el reingreso de inmediato y en las mismas condiciones que tengo ahora; además, me lo va a ratificar por escrito. Sólo recurriré a Sonsoles si consigo para ella las mismas garantías que me han ofrecido. Para ti eso significa dos agentes dedicados en exclusiva a un caso; porque, al menos yo, pienso volver.

—Daniel, ¿sabes una cosa? Me jode quedarme sin argumentos. ¿Tú qué opinas, Sonsoles?

—Confío en Daniel. Si acepta el caso y consigue lo que nos acaba de decir, será un caso más; peculiar, pero un caso más.

—¿Sabéis lo que pienso? —preguntó Antonio—. Iros a tomar por culo y que tengáis suerte, pero volved pronto. Estáis entre lo mejorcito de esta Jefatura.

—¿Es este el duro Antonio, quien ahora se nos pone sentimental? —dijo Daniel con sorna.

—Os considero amigos y vais a abordar una investigación sin la cobertura legal del cuerpo, ni siquiera como investigadores privados.

Cuando Antonio Sánchez pronunció estas palabras, Daniel recordó su encuentro de la noche anterior y el carnet que tenía en el bolsillo de su chaqueta. Se echó mano a él y se lo entregó a Antonio.

—Ahora que lo mencionas, anoche me encontré con uno de estos, que me estuvo siguiendo.

—¿Qué me dices? ¿Que te han puesto vigilancia? —preguntó Antonio con sorpresa.

—Así es. Pienso que don Ignacio no se fía ni de su propio padre. ¿Sabes quiénes son estos? Nunca había oído hablar de ellos.

—Son de Madrid; hace poco que se han establecido en Sevilla.

—Y, por lo que veo, han reclutado a lo más barato que han encontrado. Este que me siguió anoche era un primerizo y se llevó lo suyo.

—¡No me jodas! ¿Qué le hiciste? A ver si ahora nos van a poner una denuncia.

—Tranquilo, jefe. Sólo le di un susto. Nada de malos tratos ni torturas; además, ya no estaba de servicio. Si intentan demandarnos, lo más que sacarán será la factura de la limpieza de los pantalones.

—Dejémoslo estar —dijo Antonio con resignación—. ¿Cuáles son tus planes?

—Voy a hablar con Ignacio Ladrón para concretar el pacto, por llamar a esto de alguna manera correcta, y espero tener el compromiso de Madrid esta tarde.

—Vale, no sigas. Si no tienes ninguna sorpresa más, os relevo de todo servicio y… suerte.

Una vez fuera del despacho de Antonio Sánchez, fue Sonsoles quien, con un tono ligeramente irónico, le dijo:

—Bien, puesto que habitualmente sueles imponer tus condiciones, me iré a sacar los asuntos que tengo pendientes. Ya me contarás cuándo tengo que ponerme el uniforme de ejecutiva.

—Tranquila. Seguro que el señor Ladrón se tomará su tiempo. Es del tipo de personas a las que les gusta tener todo bajo su control y que nadie les distorsione sus planes.

—No parece que te caiga muy simpático; se te nota cuando dices lo de «señor Ladrón».

—Lo que no me gusta es que me manipulen, y ese tipo es un manipulador.

—En cualquier caso, es el toro que nos ha caído en suerte y es el que tenemos que lidiar.

—Y es un toro *resabiao*.

Un par de horas después, el inspector González llamó al presidente del Banco Andaluz de Desarrollo desde su propio despacho. La conversación fue corta. Tan sólo concertaron una entrevista para tratar lo que sería la incorporación de Daniel González como ejecutivo del banco.

—Buenos días, don Ignacio. Soy Daniel González.

—Sí, Daniel, le he reconocido —dijo el presidente con suma amabilidad—. Dígame.

—Bien. Quisiera tratar con usted los detalles para cerrar su propuesta de investigación.

—Estupendo. Espero que lo tenga todo claro. ¿Juega usted al golf?

—Me temo que en esto le voy a decepcionar.

—No se preocupe. Pero si conoce el club Zaudín, próximo al Hotel Alcora, en San Juan de Aznalfarache, podemos vernos para comer. ¿Le parece a las dos?

—Conforme. Allí estaré.

—Pregunte por mí en recepción y alguien le acompañará. Hasta luego.

El club Zaudín se encontraba en la zona residencial más exquisita de Sevilla. Una zona habitada por las nuevas generaciones de ejecutivos y gente adinerada de la ciudad, que habían hecho del club de golf su lugar de encuentro.

Allí, entre hoyos, *greens* y la exquisita cocina de su restaurante, se cerraban negocios de todo tipo que involucraban miles, cientos de miles e incluso millones de euros. Esta circunstancia había contribuido a que el club Zaudín fuera el segundo centro de operaciones de don Ignacio Ladrón de Guevara.

A la hora acordada, Daniel González se encontraba en la recepción del club y un solícito empleado le acompañó hasta la mesa donde esperaba el presidente del banco. Este saludó a Daniel con sincero afecto y le invitó a tomar asiento. De inmediato, un camarero les preguntó si deseaban tomar un aperitivo al tiempo que les entregaba el menú.

Como Ignacio Ladrón ya tenía un martini con hielo, fue Daniel quien pidió un vino fino.

—¿Desea alguna marca en especial, señor? —preguntó el camarero.

—Croft, si puede ser.

Una vez que se hubo marchado el camarero, don Ignacio tomó la palabra.

—Le alabo el gusto, Daniel. Demuestra tener un paladar exquisito. Le aconsejo el pescado. La lubina suele ser deliciosa; la sirven diariamente de los esteros de Chiclana, en Cádiz.

—Seguiré su consejo. Prefiero tomar algo ligero.

—Si le parece, disfrutemos la comida y luego hablamos de lo nuestro.

—Como quiera, don Ignacio. Estoy rebajado de servicio y dispongo del tiempo necesario.

—Por lo que veo, no se acostumbra a tutearme.

—Se me hace difícil.

—Pues vaya habituándose. Lo necesitará.

—Todo ello depende de ciertos detalles.

—¿Los que desea que tratemos?

—En efecto, así es.

—Conforme, como quiera. ¿Sabe, Daniel? Pienso que, de no ser policía, sería un buen banquero. Le veo tenaz, meticuloso y de firmes convicciones.

—No son más que necesidades del oficio.

—Cierto, pero ello significa que entre su método de trabajo y el mío hay pocas diferencias. Estoy hablando en sentido figurado, por supuesto.

—Le escucho. Siga, por favor.

—El policía tiene un objetivo: capturar al delincuente y ponerlo a disposición de la justicia. Yo tengo que perseguir las oportunidades que ofrece el mercado y ponerlas a disposición de mis clientes para que rentabilicen sus ahorros. En ambos casos se requiere una gran capacidad de investigación para analizar toda la información de que disponemos y seguir la pista que nos conduce al objetivo. En su caso, al delincuente; en el mío, a cerrar una operación provechosa. Como le había dicho antes, tenacidad, meticulosidad y firmeza en las convicciones del trabajo a ejercer.

—No deja de ser curioso su punto de vista, pero no me veo convertido en un bancario. —Daniel González marcó intencionadamente el término *bancario* para hacer notar que el concepto *banquero* sólo se refería al dueño del banco y nunca a uno de sus empleados.

—Entiendo. Lo suyo es vocacional y, créame, le admiro. Forma parte de esos pocos que trabajan en algo que les gusta y disfruta con ello.

—No crea que es así. Hay muchas tareas que son enormemente tediosas y desagradables.

—Por supuesto, como en todos los sitios, pero el conjunto debe ser positivo; de lo contrario, no hablaría con esa convicción.

—Cierto. Soy un policía y me encuentro satisfecho con mi trabajo. Me gusta la investigación, pero detesto que me condicionen en mi trabajo. Cuando acometo un caso, asumo la plena responsabilidad de la investigación y utilizo los medios que considero adecuados para solucionarlo dentro de la legalidad, sin que me pongan cortapisas.

Ya habían terminado la comida y fue entonces cuando el presidente sugirió al inspector abordar los detalles del caso y de la incorporación de Daniel González al banco mientras se disponían a disfrutar de un *brandy* jerezano.

—Supongo —añadió don Ignacio— que al no estar de servicio me acompañará con una copa de coñac.

—De acuerdo —respondió Daniel—, pero sólo porque no quiero ser descortés.

—Acompáñeme a uno de los salones, donde estaremos más tranquilos.

En un salón amplio y frente a un gran ventanal que daba hacia el lago artificial del campo de golf, abordaron el tema principal de la reunión. Fue Daniel González quien sin preámbulos tomó la iniciativa y expuso a Ignacio Ladrón sus condiciones para abordar el caso.

—Don Ignacio —dijo Daniel—, mis superiores en Madrid me han hablado sobre la importancia del caso y me han ratificado, casi punto por punto, sus explicaciones y argumentos. A pesar de mis reparos, estoy decidido a asumir la dirección de las investigaciones como empleado suyo, pero deseo que uno de mis colaboradores, un experto en investigación informática, se incorpore.

—No entiendo el motivo. Mi director de sistemas puede colaborar con usted y aportarle toda la información que desee.

—No lo pongo en duda, pero estoy seguro de que quien sea que le esté vaciando la hucha lo hace desde dentro y, bajo esta premisa, cualquiera, incluso usted mismo, puede ser sospechoso.

—¡Vaya! Va usted muy rápido.

—No lo crea. Sólo es mera lógica. Ya supuse que su problema era un robo, alguien le estaba robando al banco. Pero hoy no se roban bancos como lo hacía Billy el Niño; hoy se hace con ordenador y desde casa, sin dejar huellas y sin pegar tiros. Por eso es necesario contar con alguien que pueda poner la trampa adecuada en el ordenador de su banco para pillar al pirata.

—Me ha convencido, pero no se equivoque: están robando a los clientes del banco, no están vaciando mi hucha.

—Disculpe, es sólo jerga policial.

—Una jerga que tendrá que evitar si quiere pasar por un ejecutivo del banco. ¿En quién ha pensado para que colabore en la investigación?

—Es una compañera con la que ya he trabajado en otros casos similares. Se maneja con los códigos con la misma fluidez con la que habla. Ahora bien, no la llamaré a menos que se le ofrezcan las mismas garantías que tengo.

—Las tendrá. Además, no me desagrada su plan. Había pensado que se incorporase como director adjunto en la Secretaría General Técnica; por lo tanto, necesitará una secretaria. Si a su compañera no le importa desempeñar ese papel, no tengo objeciones para acceder a su petición. Dígame su nombre y mañana estará todo solucionado.

—Sonsoles Heredia.

—¿No participó ella en ese caso de las explosiones, aquello que estuvo en boca de toda Sevilla hace ya unos años?

—Efectivamente.

—Una elección muy acertada, según los informes que tengo. Ahora bien, Daniel, quiero que a ambos les queden claros los términos de esta investigación: ustedes no serán policías; actuarán y se comportarán como empleados del banco, porque serán empleados del banco a todos los efectos; sólo me informarán a mí y a quien yo les indique del avance o del estado de sus investigaciones; para el resto del personal, ustedes estarán haciendo un estudio del banco con vistas a una racionalización integral. Esto será suficiente para que quien quiera saber quede satisfecho. Una vez que esto quede claro entre ustedes y yo, le garantizo que no habrá cortapisas.

—De acuerdo. Entiendo y acepto sus condiciones y agradezco que usted entienda y acepte las mías.

—¿Cuándo puedo contar contigo? Ya que eres un directivo del banco, tenemos que tutearnos, como es habitual entre nosotros. Son meras servidumbres del oficio que hay que asumir.

—Mañana mismo, Ignacio.

—No es preciso precipitarnos ni que acudas a primera hora. Además, los de Recursos Humanos tienen que preparar contratos de trabajo y alta en la Seguridad Social. ¿Te parece bien el lunes a las diez?

—Como quieras…, jefe.

—Dejaré aviso en recepción. Pasarás la mañana entera entre la formalización del contrato y todos los trámites; luego te presentaré al resto de los directores y ocuparás tu despacho. Será conveniente que Sonsoles se incorpore al cabo de unos de días para dar apariencia de realidad.

—Conforme —dijo el inspector—. Sólo quisiera añadir un comentario. Nada importante, dadas las circunstancias, pero que contribuirá a mejorar nuestra colaboración.

—Te escucho, Daniel —contestó Ignacio.

Daniel González sacó un carnet del bolsillo de su americana y lo puso sobre la mesa.

—Ya no es necesario que renueves el contrato con esta gente. Además, y a las pruebas me remito, son unos aficionados.

Ignacio Ladrón observó impasible, pero ligeramente sorprendido, el documento profesional del detective privado dejado sobre la pequeña mesa del salón; un documento en el que la fotografía de su titular, desde la distancia, parecía mostrar un gesto de amargura y desazón. Transcurrieron unos segundos de silencio, en los que Daniel González no cesaba de estudiar el inexpresivo rostro del banquero, hasta que este, mirando fijamente a los ojos del policía, dijo:

—Tienes razón, Daniel. Son unos principiantes y tú, un profesional. Mi intención, y ese fue mi encargo, no era otra que asegurarme de tu discreción. Yo soy un simple banquero y este asunto tiene aspectos que se escapan a mi control, lo cual me incomoda.

—Entiendo. El caso del banquero hecho a sí mismo y que no confía en nadie.

—Te equivocas —respondió el banquero—. En el banco hay apoderados que pueden autorizar ellos solos transacciones por millones de euros.

—Pero que luego alguien supervisa y controla.

—Cierto; pero, una vez autorizadas, el dinero se va y cualquier control es tardío…

—Como ocurre ahora —concluyó el inspector.

—Así es. Como ocurre ahora, pero con el agravante de que los controles del banco, de cualquier banco, no son capaces de dar respuesta a lo que pasa. Por eso necesito ayuda, tu ayuda.

—Ignacio, ya me he comprometido con el caso, pero me gusta trabajar con independencia y libertad, sin auditores que me vigilen y pregunten a cada paso que doy.

—Eso puedo garantizártelo —respondió el banquero.

—Nos vemos el lunes, Ignacio.

Daniel González abandonó el club Zaudín con cierta sensación de confianza y triunfo; al fin y al cabo, había conseguido imponer sus condiciones y ahora tenía las riendas del caso en la mano.

Don Ignacio Ladrón de Guevara no había tenido más remedio que claudicar ante la firmeza mostrada por el inspector, aunque este también había tenido que hacer ciertas concesiones. Aun así, todavía le quedaba por pasar una fase difícil: explicar a sus amigos y compañeros la razón de su dimisión. Algo difícil de explicar en el caso de Daniel González, un flamante inspector de policía con excelente hoja de servicios y un futuro prometedor. Nadie en la Jefatura estaba al tanto del caso ni podía sospechar un acontecimiento de esta magnitud. Nadie, excepto sus íntimos amigos Antonio Sánchez y Sonsoles Heredia.

Cuando llegó a la Jefatura se encerró en su despacho, dispuesto a redactar su petición de excedencia, lo cual le resultó más espinoso de lo que él mismo podía haber imaginado. Daniel González era un policía vocacional; ya desde la temprana edad de los quince años sabía que quería ser policía e investigar crímenes y delitos. Eso fue lo que le impulsó a estudiar Derecho y luego ingresar en la academia del Cuerpo Superior de Policía para recibir su despacho entre los primeros puestos de su promoción, lo cual le permitió desarrollar la carrera profesional en su Sevilla natal. Ahora, aun siendo un mero paréntesis, debía dejar aparcado todo ello, todo por lo que había trabajado con ahínco: el trabajo del día a día, los éxitos y fracasos de sus investigaciones, sus compañeros y amigos, su placa…

Se limitó a escribir sólo cinco escuetas líneas en las que exponía la petición a la Dirección de Personal bajo el abstracto argumento de «motivos personales y familiares». La fluidez de palabra con la que solía redactar impecables informes le había abandonado en este momento, aunque tampoco había necesidad de argumentar con mayores detalles ni era necesario, puesto que quienes la recibirían y leerían sabían de antemano lo que tenían que hacer. Él no era más que el último eslabón de una cadena de pactos, órdenes y acuerdos.

Diez minutos después, Antonio Sánchez, jefe superior de la Jefatura hispalense, tenía ante sí el oficio de petición y observaba a Daniel González.

—Aunque ya sé por ti mismo de qué va todo esto, no deja de sorprenderme y preocuparme.

—Descuida, que no vas a librarte de mí así como así. Estaré de vuelta antes de que puedas asimilar la situación.

Antonio, después de carraspear brevemente, encaró la mirada del inspector y dijo:

—Me cuesta pedírtelo y por ello te lo pregunto: ¿cuándo vas a entregar la placa y el arma reglamentaria?

—¿Te importa que sea el próximo lunes a primera hora?

—Cuando tú quieras. Las guardaré en el cajón de mi mesa hasta tu regreso. Dime otra cosa, ¿cuándo llamarás a Sonsoles?

—Confío en contar con ella dentro de unos días. Antes quiero hacerme una composición de lugar. Quizás una semana.

Teniendo en cuenta los contactos de Ignacio Ladrón, supongo que recibirás algo de Madrid en un par de días.

Tal y como habían acordado, Daniel González e Ignacio Ladrón se encontraron a las diez de la mañana del inicio de semana. Un breve apretón de manos y luego le presentó al director de Recursos Humanos.

—Bienvenido a bordo, Daniel —le dijo cuando estaban reunidos los tres—. Te dejo con Ramón, que hará todos los trámites y te pondrá al corriente. Luego tendremos una breve reunión, ya en tu despacho, y a las doce nos reunimos en la sala de juntas, donde conocerás al resto de los directivos del banco.

—Estupendo —aseveró Daniel—. Todo en orden.

—Como tú y yo sabemos —corroboró Ignacio.

Los trámites de ingreso en el banco fueron rápidos. Ignacio Ladrón ya había diseñado un currículum de Daniel González a la medida, donde se había camuflado su condición de policía y, para sorpresa suya, también disponía de copias de sus titulaciones académicas. Todo impecable gracias al poder y a los contactos de su nuevo superior.

Daniel abordó este asunto cuando se reunieron de nuevo, pero Ignacio le restó importancia.

—Una vez que estuviste de acuerdo, pedí una copia de tus titulaciones para agilizar el ingreso en el banco y preparé un currículum que encajara bien con tu cobertura. Ya sabes, agilidad y discreción, sólo eso.

La conversación se produjo en el despacho que le habían asignado, en la misma planta donde se encontraba la presidencia.

Un gran ventanal permitía apreciar una amplia vista de la ciudad a lo largo del cauce del Guadalquivir. En la lejanía se divisaba el puente del Alamillo; más próximos se veían la Torre del Oro, el Palacio de San Telmo y el puente del mismo nombre y, hacia el otro lado, el siempre colapsado puente del Centenario. Era, sin duda, un espacio cómodo para trabajar. El presidente del banco había elegido ese lugar para que se encontrasen cómodos y ajenos a las propias presiones del negocio bancario. Por ello, el despacho llevaba su marca personal: la discreción.

—Bien —continuó Ignacio—, ya estás instalado en el banco y dentro de un rato te presentaré a los directores de área. Intuyo, por lo que me adelantaste, que querrás conocer a Javier Ortega, nuestro director de Sistemas Informáticos.

—No precisamente —respondió Daniel—. Antes prefiero hacerme una idea del personal que tenéis, sobre todo en los servicios centrales. Quiero identificar procedencia, antecedentes, qué hacen, cómo lo hacen y con qué medios cuentan.

—Claro. El sospechoso está en la casa y puede ser cualquiera…

—Efectivamente, eso es lo que pienso.

—E incluso puedo ser yo, como me dijiste —añadió Ignacio.

—Para ser más preciso, alguien que tenga los conocimientos necesarios sobre cómo opera el banco y el acceso preciso a los medios para hacerlo.

—Le diré a Ramón que te facilite todo lo que necesites. Ahora pasemos a la sala de juntas para que conozcas a todos los directores y decirles cuál será tu función. Función de cobertura, por supuesto.

La sala de juntas se encontraba en un extremo de la planta de presidencia. Grandes ventanales ofrecían una amplia vista sobre el este de Sevilla, pudiéndose apreciar desde allí el barrio de Nervión, con el estadio del Sevilla F. C., y, más retirados, la estación ferroviaria de Santa Justa y el aeropuerto, este último ya en la lejanía.

Una secretaria había dispuesto previamente frente a cada asiento una botella de agua con su correspondiente vaso y había bajado ligeramente las persianas para preservar la reunión de la luz solar.

Los convocados fueron llegando puntualmente y, conocedores del objetivo de la reunión, se acercaron a saludar a su nuevo compañero, Daniel González.

Una vez que tomaron asiento, fue don Ignacio Ladrón quien tomó la palabra.

—Buenos días a todos —comenzó—. Como todos ustedes ya saben, nuestra entidad ha conseguido hacerse con una importante posición en el mercado financiero español, de lo cual debemos estar muy orgullosos. Pero todos sabemos que esto no es suficiente; debemos mantener e incrementar esta posición y para ello tenemos que hacer del Banco Andaluz de Desarrollo un banco del siglo XXI. Otras entidades ya se han puesto a ello y nosotros no podemos quedarnos atrás.

Seguidamente hizo un silencio y pasó la mirada por los asistentes para confirmar que habían captado el mensaje.

El director de Operaciones se atrevió a preguntar:

—Contamos con un buen sistema informático donde la intervención de los empleados es casi mínima. El banco casi funciona solo. ¿Acaso no estamos ya con ello en el siglo XXI?

—Evidentemente que así es —respondió Ignacio—. Nuestro sistema es uno de los mejores de España y se lo podremos vender a algún banco de otro país, pero también es cierto que los retos que enfrenta la sociedad de la información son innumerables y, de momento, indeterminados. Mi idea es que debemos anticiparnos a esos desafíos que aún desconocemos. Tenemos que ser flexibles como cuando éramos un banco pequeño y también robustos como el banco más grande, sin olvidar lo más importante para un banco: la seguridad que ofrecemos a nuestros clientes.

—¿Cuál es el plan entonces? —preguntó otro de los asistentes.

—Necesitamos saber dónde nos encontramos, y este será el trabajo de Daniel y de otra persona que se incorporará más adelante. Daniel tiene la misión de analizar todo el banco y presentarme un informe de puntos fuertes y débiles. Y cuando digo todo el banco, nos incluye a todos, desde los que estamos aquí reunidos hasta el empleado o proveedor de menor cualificación. Todos.

—Por lo que veo, Daniel va a hacer una especie de «fotografía aérea» del banco —añadió otro de los convocados.

—No sólo eso —respondió Daniel González—. Mi objetivo parte de esa «fotografía aérea» sólo para orientarme. Pero luego, una vez obtenida, iré descendiendo para ver los colores, los árboles, las casas… Todo lo que no se ve en la imagen aérea. Esa es la finalidad del trabajo que me han encargado. A partir de ahí, serán ustedes quienes podrán tomar decisiones basadas en hechos objetivos, porque sabrán de verdad dónde están fuertes y dónde necesitan mejorar. Y para ello necesito de su colaboración.

—Ni yo mismo lo hubiera expresado mejor —zanjó Ignacio—. Señores, ¿alguna cuestión más que debatir?

—Bienvenido, Daniel —dijo el director de Sistemas Informáticos—. Nos tienes a tu disposición cuando nos necesites.

—Así es… Por supuesto… —corearon los demás asistentes.

Poco a poco, fueron abandonando la sala al tiempo que deseaban suerte a Daniel y le hacían entrega de su tarjeta personal con el número de teléfono como confirmación de estar dispuestos a colaborar.

Cuando todos se marcharon y quedaron a solas Daniel e Ignacio, este le dijo:

—Has estado muy bien con ese símil de la foto aérea.

—No mejor que tú con la cobertura que me has dado —respondió Daniel—. Pero te digo una cosa, yo no te voy a dar ese informe del que has hablado. Yo estoy aquí para otra cosa.

—Ese informe ya lo tengo en la mesa de mi despacho, pero tú me vas a contar todo lo que averigües y ello corroborará o reorientará su contenido. Ahora vamos a comer. Esta tarde pides lo que necesites para empezar y ya tener todo lo que os haga falta cuando venga Sonsoles.

—Hay otra cosa que aún no te he preguntado y tú tampoco me has contado. ¿Cómo descubristeis la salida de dinero que tanto os alertó para que yo esté aquí?

—Tienes razón. Te lo voy contando durante la comida.

Ignacio Ladrón le explicó lo que es el sistema que tienen los bancos para traspasarse fondos entre ellos. Es lo que se denomina sistema de intercambios o *clearing,* en inglés; porque, además, el sistema funciona a nivel europeo, cubriendo toda la zona euro y algunos países más. Estos movimientos de pagos o de salida de dinero se corresponden con alguna transacción o la orden de un cliente. Es decir, todo movimiento tiene su contrapartida y así todo cuadra.

En el caso de estos pagos, no se localizó ninguna contrapartida. No había ninguna transacción que justificase tal movimiento

177

dc dincro ni ninguna orden de cliente. Sin embargo, tampoco había descuadre en las cuentas del banco.

Tras esta explicación, Daniel le confesó a Ignacio su conocimiento muy básico de la operativa bancaria.

—Soy consciente de ello. Precisamente, te he dejado un manual en el cajón de tu escritorio para que te pongas al corriente.

—No das puntada sin hilo —respondió Daniel.

—Míralo de otra forma. Tu éxito en la aclaración de este misterio será mi éxito ante el consejo de administración. Por lo tanto, es obvio que te aporte toda la ayuda que pueda.

Daniel González calló durante unos minutos para asimilar la información que tenía hasta ese momento. Ignacio Ladrón le miraba con interés, pero sin decir nada. Luego sacó una libreta del bolsillo de la americana y escribió unas líneas en una de las páginas que estaban sin garabatear al tiempo que hacía un breve resumen.

—Veamos. En una o varias de las sesiones del sistema de intercambios habéis observado salidas importantes de dinero del banco, pero cuando fuisteis a investigar quién o quiénes se estaban llevando el dinero no encontrasteis nada, porque todo estaba aparentemente normal. Pero ese dinero ha debido salir de algún sitio y no habéis encontrado el agujero, lo cual hace sospechar que sea alguien de dentro quien está vaciando la hucha.

—En líneas generales, así es. Y aquí es donde entráis Sonsoles y tú.

Al día siguiente, Daniel entró en su despacho a primera hora. El sol brillaba a través de la ventana, pero él no podía disfrutar de la cálida luz sevillana. Al encender su ordenador, la aplicación del correo electrónico le mostró innumerables carpetas de currículos y expedientes del personal de los servicios centrales. De haber sido en papel, ello supondría que una montaña de informes se alzaría como un pequeño volcán de papel, esperando a ser revisada.

Daniel tomó un sorbo de una taza de café humeante que tenía a su lado y se enfrentó a la pantalla. Abrió la primera carpeta, un documento extenso lleno de experiencias y datos académicos y de otras empresas. Al principio se sintió motivado. «Esto no puede ser tan complicado», pensó. Sin embargo, a medida que pasaban los minutos la información de unos y otros comenzó a mezclarse en su mente. Las fechas se entrelazaban y los nombres de proyectos y empresas se desdibujaban.

Con cada currículum que leía, la abrumadora sensación crecía. Había información sobre trabajos realizados, centros de estudio, universidades, nombres de proyectos que nada le decían y hasta un par de menciones de satisfacción de clientes o compañeros, a saber. Cada uno parecía más denso y similar al anterior. Daniel se esforzaba por tomar notas, pero sus pensamientos se dispersaban. «¿Qué es lo más importante aquí?», se preguntaba mientras su mente se llenaba de preguntas sin respuesta.

La mañana avanzaba y el reloj marcaba las horas. Daniel se dio cuenta de que había pasado más tiempo del que había planeado. Su estómago comenzó a gruñir, pero no podía permitirse un descanso. «Sólo un currículum más», se decía a sí mismo, pero ese «uno más» se convertía en tres, luego en cinco. La ventana de las carpetas parecía no disminuir y su energía se desvanecía.

Finalmente, después de horas de lectura, se reclinó en su silla, sintiéndose exhausto. Había tomado notas, subrayado pasajes importantes y hasta había hecho un par de esquemas, pero al mirar su escritorio se dio cuenta de que no había llegado a ninguna conclusión clara. La información estaba ahí, pero su mente estaba tan saturada que no podía ver el panorama general.

Con un suspiro, miró por la ventana. El sol seguía brillando, ajeno a su lucha interna. «¿Qué he logrado realmente?», se preguntó. La frustración lo invadió. Había dedicado toda la mañana a revisar currículos, como se había comprometido y como sabía que deba hacer, pero carecía de toda pista. ¿Móvil? El dinero, sin duda. ¿Cómo? El sistema de intercambios, le habían dicho. Pero ¿cómo habían accedido al sistema? ¿Dónde o de dónde habían sacado el dinero? ¿Por qué? ¿Un resentimiento, una venganza, quizás una necesidad sobrevenida? Y, finalmente, ¿quién y dónde estaba?

Esas eran las preguntas que tenía que responder y aún no sabía por dónde empezar.

Alguien llamó. Daniel se frotó los ojos, cansados de tantas horas ante la pantalla. Se levantó y abrió la puerta. Allí estaba uno de los empleados de Recursos Humanos. Le traía el contrato y toda la documentación como nuevo empleado.

Daniel recogió la carpeta que le ofrecía. Una carpeta más; al menos esta era diferente. Pero había más.

El compañero le dijo que Ramón, el director de Recursos Humanos, quería saber si también le interesaban los currículos y los informes del personal subcontratado.

—¿Personal subcontratado? —preguntó Daniel con extrañeza.

—Para ciertas tareas, sobre todo en sistemas informáticos —explicó su interlocutor—, se suelen contratar los servicios de empresas especializadas y su personal trabaja en el banco. Tenemos sus currículos y toda la información de su paso por la entidad.

—Sí —respondió Daniel de inmediato—. Por supuesto que me será útil. Y como esos trabajos serán temporales, creo que necesitaré retrotraerme a unos seis meses atrás, quizás primeros de año.

—No crea, hay algunos que son muy veteranos. Son más empleados del banco que algunos titulares. Buscaremos todo y se lo enviaremos.

El compañero se despidió y Daniel volvió a enfrentare a la soledad de las tres paredes y el ventanal de su despacho. Afortunadamente, fue por poco tiempo. Sonó la melodía de su teléfono y vio que era Sonsoles. Respondió de inmediato y quedaron para pasar lo que quedaba de tarde. Estaba saturado de informes y necesitaba urgentemente otras emociones.

Daniel llegó al día siguiente con energías renovadas. La tarde y la noche que había pasado con Sonsoles le habían sentado bien; la conversación profunda con su compañera le había renovado el ánimo.

Encendió el ordenador y se topó con un nuevo montón de expedientes personales. Esta vez se trataba del personal subcontratado.

En esta ocasión se dedicó a discriminar por funciones para centrarse en los que habían trabajado con asuntos de pagos y con el sistema de intercambios. Era personal de sobrada cualificación y experiencia; algunos llevaban trabajando para el banco desde años atrás. Analizó todos ellos a fondo, pero no descubrió nada que le llamara la atención.

Daniel estaba desconcertado; su intuición le decía que aquello no le llevaba a ningún lado, que debía indagar por otras vías, pero ¿cuáles?

Días más tarde, con la incorporación de Sonsoles, se renovaron los esfuerzos y replantearon el caso. Todos los indicios apuntaban a que alguien, un *hacker,* accedía a los sistemas del banco y provocaba las transferencias de fondos, pero ¿de dónde sacaba el dinero si nadie había detectado un agujero en las cuentas del banco y todo cuadraba a la perfección? Eso era lo desconcertante.

Una vez que contaron con las autorizaciones necesarias para acceder al sistema informático, revisaron la última salida importante de fondos. Todas ellas eran transacciones correspondientes a la operativa interna del banco y contaban con las correspondientes justificaciones, y el resto eran órdenes de clientes realizadas en sucursales o por la web del banco.

A Sonsoles se le ocurrió una idea, pero tendrían que esperar al siguiente movimiento que hiciera el misterioso *hacker,* que podría ocurrir en cualquier momento.

De acuerdo con el director de Sistemas Informáticos, concentraron el lanzamiento de transacciones al proceso de *clearing* en un único envío diario, pero con una salvedad: antes de lanzar el envío, se debería provocar un error para permitir obtener una copia del sistema que permitiera comparar el antes y el después del proceso.

Pasaron días durante los que todo funcionó de manera normal. Las jornadas eran monótonas, a veces aburridas, pero era lo que tocaba en ese momento. Las salidas de fondos se correspondían con los habituales movimientos del banco y las revisiones que realizaban Sonsoles y Daniel al comparar la situación anterior y posterior al envío del fichero de intercambios no mostraban nada fuera de lo normal.

Como casi siempre ocurre, cuando empezaban a pensar si se estaban equivocando tuvieron ante sí una transacción inusual. Se trataba de un pago de unos tres millones de euros contra una cuenta que se había quedado después con un saldo algo menor de diez euros. No solía ser lo habitual.

Mientras Sonsoles se afanaba en rastrear la orden y los movimientos, Daniel se puso a indagar sobre el titular de esa cuenta y surgieron nuevas sorpresas: la cuenta carecía de titular y nadie en el banco tenía constancia de su existencia. En los registros informáticos se indicaba como titular M. H. S., pero lo más sorprendente era que esa cuenta nunca salía en los informes de clientes, estaba oculta.

Mientras, Sonsoles también tenía noticias sorprendentes. La cuenta de donde había salido el dinero se había nutrido mediante traspasos provenientes de otras cuentas. Había conseguido acceder a un par de ellas, que a su vez recibían innumerables ingresos diarios de uno o dos céntimos. Periódicamente se traspasaban los saldos de estas cuentas a la anterior, y las fechas en las que se hicieron esos movimientos coincidían con las anteriores salidas de fondos.

Daniel se quedó pensativo. Trataba de asimilar toda la información que le había transmitido Sonsoles. Luego, mirando a la lejanía a través de la ventana, exclamó:

—Vamos, que se están llevando el dinero en fascículos coleccionables.

Es una forma de decirlo —respondió su compañera.

—Lo que nos falta por saber es cómo y de dónde sacan toda esa cantidad de céntimos sin que nadie se dé cuenta y quién lo hace.

—En eso estoy —afirmó Sonsoles—. Intenta averiguar quién se esconde detrás de las iniciales M. H. S.

—También estoy en ello —dijo Daniel—. Entre empleados y subcontratados, creo tener a unos sesenta y cuatro.

En ese momento sonó el teléfono del despacho. Ignacio Ladrón estaba al otro lado.

—Compañeros —se le oyó decir con voz animada—, estamos a viernes y solemos acortar la jornada. Os propongo ir a comer juntos y me ponéis al corriente de vuestro progreso. ¿Os animáis?

—¿Es una invitación o una evaluación de rendimiento? —respondió Daniel.

—Por favor, Daniel, deja de estar en guardia al menos durante unos momentos. Estamos a las puertas del fin de semana y es el momento de relajarse.

—Conforme, Ignacio. Tú eres el jefe y tú pagas.

—Paso por vuestro despacho.

Acudieron al club Zaudín, como no podía ser de otra manera. Allí, en ese club exclusivo, Ignacio Ladrón brillaba entre unos pocos iguales y una tropa de advenedizos que simplemente pretendían simular algo que no poseían. Saludó al *maître* y a unos empresarios-clientes antes de acomodarse en la mesa que tenía reservada. Sonsoles y Daniel caminaban junto a él y se limitaban a observar cuanto había a su alrededor. Eran muy conscientes de su posición y de lo que querían para sí. Aquel lugar no era su sitio, nunca lo sería ni querrían que lo fuera.

Tras un aperitivo en el que degustaron unos finos jerezanos, Sonsoles y Daniel se decantaron por una ensalada de palmitos con trufas y la lubina sobre coca de tomate confitado. Ignacio también se inclinó por el pescado, pero eligió como entrante una *vichyssoise*.

Fue tras los postres y mientras degustaban unos licores cuando abordaron el asunto de la investigación y fue Sonsoles, a invitación de Daniel, quien relató lo descubierto.

Abordó el tema sin titubeos para afirmar que estaban robando al banco a partir de céntimos. Ante la evidente sorpresa del presidente, le hicieron ver que un par de céntimos de cada cálculo o transacción pueden sumar muchos miles de euros.

—El banco tiene alrededor de 1.400.000 clientes —expuso Daniel—. Hay clientes que sólo tienen una única cuenta, mientras que otros tienen varias. Consideremos un promedio de 1,6 cuentas por cada cliente, lo que supone 2.240.000 cuentas sobre las que en algún momento habrá que operar y liquidar.

—Pero vayamos al día a día —continuó Sonsoles—. ¿Cuántas transacciones se efectúan cada día? Consideremos una cifra media-baja, unas trescientas mil. En cada una de ellas se aplicará un porcentaje en la liquidación de intereses o de comisiones. Si como consecuencia del redondeo de decimales «arañamos» uno o dos céntimos, tendremos sesenta mil euros cada día y un millón y medio cada mes, como poco. Eso es lo que alguien o algunos están haciendo.

Ignacio estaba atónito. Jamás habría pensado en esa posibilidad y trataba de encajar en su mente lo que acababa de escuchar.

—¡Qué cabrones! —Fue apenas un murmullo, entre sorpresa y admiración, para luego proseguir—: Entiendo lo que me dices, pero ese dinero, esa acumulación de céntimos, tendrá que estar depositado en alguna cuenta hasta que lo saquen, y no hemos detectado nada anormal.

—Así es —confirmó Sonsoles—. Hemos identificado unas cuentas contables donde lo contabilizan; podemos suponer que habrá más. Dentro del plan contable figuran como subcuentas de subcuentas. De esta forma nunca aparecen en los estados contables y, al ser varias cuentas, los saldos no llaman la atención.

—Luego, cuando utilizan el sistema de intercambios para sacarlo —añadió Daniel—, traspasan previamente los saldos de esas cuentas a otra, cuyo titular es M. H. S., y ya desde ahí lo lanzan al *clearing*. Por cierto, esta cuenta no se encuentra entre las cuentas de clientes.

—Me habéis dejado estupefacto y me congratulo de teneros al frente de esta investigación. ¿Qué pensáis hacer ahora?

—Varias cosas. Hay que averiguar quién está detrás de las iniciales M. H. S., también cómo o qué araña esos céntimos, dónde va el dinero y, una vez aclarado todo eso, capturar y llevar ante el juez a M. H. S.

—Bueno —intervino Sonsoles—, del dinero sólo sabemos que lo han transferido a un banco holandés. Sólo tenemos el número de cuenta de destino, pero no el titular.

—Yo podría encargarme de eso —añadió Ignacio—. Si muevo alguno de mis contactos, puede que consiga algo. El lunes me dais el nombre del banco y el número de cuenta. No prometo nada, pero lo intentaré. Y otra cosa: de momento, nada de llevarlo a la justicia. Eso implica publicidad, prensa y dar explicaciones innecesarias. Ya veré qué se hace cuando tengamos todo claro, identificado y probado.

—Ya veo —dijo Daniel—. Eficacia y discreción. Una justicia paralela.

—Eficacia y discreción sí. Justicia paralela no —respondió Ignacio—. Yo soy abogado y si quisiera enmarañar este caso lo tendría muy fácil. M. H. S., o quien sea, está robando a los clientes del Banco Andaluz de Desarrollo y pediría un informe detallado de cuánto ha sustraído a cada cliente, para luego pedir que sean los clientes quienes se personen como parte acusadora. Si un pleito normal tarda en resolverse dos o tres años, ¿cuánto crees que tardaría este? Y eso sin añadir comisiones rogatorias a los Países Bajos ni euroórdenes. No, Daniel, hay que buscar otras vías más eficaces.

Daniel no dijo nada. Por supuesto que no compartía la opinión de Ignacio Ladrón. Él era un policía, ahora sin placa, pero por sus venas corría la adrenalina de la investigación policial. Por ahora seguiría con la investigación del caso y, llegado el momento, ya vería lo que haría si se pudiera hacer algo.

Terminada la comida, Ignacio marchó a su domicilio, mientras que Sonsoles y Daniel retornaron a Sevilla. Daniel había hablado poco, casi nada, desde la respuesta que recibió de Ignacio, por lo que fue Sonsoles quien trató de romper el hielo para que él sacara todo lo que estaba rumiando.

—Hay algo que te escuece desde hace tiempo. Sácalo o esta noche no pegarás ojo.

—No es algo que realmente me escueza. Bueno, algo sí —respondió Daniel con aire pensativo.

—Venga, dilo.

—¿Tú crees que somos libres, realmente libres?

—¡Ahora salió el poli filósofo!

—Te lo digo en serio —continuó Daniel—. En la Jefatura teníamos que rendir cuentas a Antonio, que a su vez tenía que reportar a otro de los jefazos, y estos a la Dirección General y al ministro. Ahora hemos dejado el cuerpo temporalmente, pero también tenemos que obedecer a Ignacio y él tiene que rendir cuentas al consejo de administración y a los accionistas. Siempre hay un jefe al que obedecer, siempre alguien o algo por encima que nos marca el camino a seguir. Un camino del que no te puedes salir, a menos que estés dispuesto a soportar unas consecuencias difíciles de prever y a menudo también penosas de soportar. Por eso me pregunto si realmente somos seres libres.

—Joder, qué profundo te pones. Pero te voy a dar una respuesta: es el precio que debemos pagar. Es la cuota por vivir en sociedad y disfrutar del apoyo social. Vete a vivir a un pueblo sin gente y serás libre, pero ¿cómo vivirías? Es el precio que hay que pagar.

—Sí, puede que tengas razón. El precio que tenemos que pagar, la cuota de la comunidad de vecinos. La cuestión es hasta dónde estamos dispuestos a pagar sin que ello dañe la dignidad personal ni te convierta en súbdito de un cualquiera porque tenga más poder en ese momento.

—Tú mismo te has dado la respuesta. Evalúa tus posibilidades y paga, o cede, hasta donde consideres conveniente o hasta donde puedas. Y ahora deja de pensar tanto y vámonos a casa.

—¿A la tuya o a la mía? —preguntó Daniel.

—A la nuestra —dijo ella al tiempo que lo tomaba de la mano.

El lunes llegaron al banco con el ánimo bien recargado. Habían meditado durante el fin de semana cómo abordar la investigación para averiguar quién podría ser M. H. S. y cómo era capaz de arañar esos céntimos que tan buenos beneficios le producían.

Daniel se centró en repasar currículos e informes de empleados que coincidieran con esas iniciales y que tuvieran suficientes conocimientos como para instalar algo como lo que estaban buscando.

Sonsoles volvió a zambullirse el código de programación para averiguar qué programa era el que actuaba sobre los cálculos de liquidación para arañar esos céntimos. Disponía de una buena pista, que le daban los asientos en las cuentas donde los escondía y quien suponía que habría abierto esas cuentas.

A veces se afirma que la suerte favorece a los audaces. En el caso de Sonsoles fue cierto. Según estaba analizando una de las cuentas donde se recogían los céntimos arañados a las liquidaciones, empezó a notar cómo se producían nuevos ingresos en esa cuenta, por lo que tuvo la oportunidad de hacer una secuenciación de trazabilidad y llegar al programa que detraía esos pequeños pero casi innumerables importes.

Se trataba de un pequeño programa que funcionaba como si fuera un virus. Muy simple y al tiempo muy inteligente. Entraba en funcionamiento cada vez que el sistema de liquidaciones calculaba un porcentaje o una multiplicación con decimales para quitar decimales del redondeo. Era algo que los clientes nunca notarían, porque nadie verificaría las cuentas del banco y, al tratarse de uno o dos céntimos de euro, nadie se percataría, como así ocurría. Por otro lado, las cuentas del banco nunca descuadraban porque este programa insertaba el número de cuenta donde aplicar los céntimos sustraídos.

Sonsoles no pudo dejar de admirar la simpleza y eficacia del método utilizado. Luego, al indagar la huella dejada al instalar ese programa, comprobó que el usuario era «Huis358621» y esbozó una sonrisa. Era el primer triunfo.

Luego indagó sobre la cuenta hacia la que se vertían todos esos importes como paso previo a sacar el dinero del banco y la huella dejada apuntaba al mismo usuario: «Huis358621».

—¡Lo tengo! —exclamó casi en un grito que sorprendió a Daniel.

—¿Qué dices? —preguntó levantando la cabeza sobre la pantalla de su ordenador.

—Que ya tengo, tenemos, a quien ha montado todo este tinglado. Tengo el usuario asignado por el banco y con este código los de Sistemas nos dirán quién es esta persona.

Daniel respondió de inmediato:

—No, no podemos acudir a los de Sistemas para una petición tan concreta como esa. Recuerda que oficialmente tenemos que elaborar un informe sobre la situación del banco. No nos queda otra opción que acudir a Ignacio Ladrón…

—Por mucho que te pese.

—Por más que me pese.

El presidente del banco los recibió de inmediato en su despacho y le pusieron al corriente de todos los detalles que acaban de descubrir, por lo que necesitaban saber a quién correspondía el usuario «Huis358621» para investigar a la persona y asegurar que los indicios descubiertos, junto con las fechas de realización, encajaban con la persona, el puesto de trabajo y las tareas desempeñadas en esas fechas.

Llamó enseguida al director de Sistemas Informáticos.

—Hola, Rafa. Buenos días. Mira, necesito que me pases toda la información de que dispongamos del usuario «Huis358621».

Sé que es una petición inusual, pero tráela a mi despacho cuando la tengas y te pongo al corriente.

Mientras esperaban la llegada de Rafael, comentaron los detalles de la investigación y cómo habían desentrañado el sistema que tan hábilmente habían instalado en el banco. Aunque quedaban algunos flecos por descifrar, podía decirse que lo fundamental ya estaba claro.

Rafael Mengía, director de Sistemas Informáticos del banco, llegó con una carpeta donde llevaba la información que le habían solicitado. Se sorprendió al encontrar a Daniel y Sonsoles en el despacho de Ignacio, pero este le tranquilizó y le invitó a sentarse.

—Gracias por venir tan pronto, Rafa —comenzó Ignacio—. Lo primero que debes tener en cuenta es que todo lo que hablemos ahora aquí debe ser estrictamente confidencial.

Tras asentir Rafael, prosiguió Ignacio.

—La misión de estos compañeros era averiguar el origen de unas salidas importantes de dinero que habíamos detectado en el banco y que no habían producido ningún descuadre en las cuentas ni tampoco respondían a órdenes de transferencia de clientes. Ellos han detectado algo irregular en un pequeño programa, cuya instalación corresponde a este usuario que te he solicitado, y por ello necesitamos saber quién es y qué hace en el banco.

—Conforme —respondió Rafael—. El usuario «Huis358621» corresponde a Misael Huisman Santillana. Vino al banco en 2021, como se ve en los dos últimos dígitos del código de usuario. Estuvo trabajando en el desarrollo e instalación del sistema de auditoría interna. Era una persona muy competente y trabajó muy bien; además, estuvo impartiendo unos pequeños cursos de operaciones de banca al personal de sistemas.

—Hablas en pasado —intervino Daniel—. ¿Significa ello que ya no está en el banco?

—Así es —continuó Rafael—. Se marchó hace tres meses. Dijo que tenía un asunto familiar grave en Maastricht. Creo que es hijo de holandés y española.

—Misael Huisman Santillana se corresponde con las iniciales M. H. S. de la cuenta de contrapartida en intercambios —apuntó Daniel.

—¿Puedo saber qué cuenta es esa? Porque no se permiten cuentas con iniciales —preguntó Rafael.

—Es esta cuenta —respondió Sonsoles mostrándole un pequeño informe obtenido de la pantalla del sistema.

—Esta no es una cuenta de cliente —afirmó inmediatamente Rafael—. Aunque por la codificación tenga la estructura del IBAN de las cuentas de clientes, el código de sucursal es falso. No tenemos ninguna sucursal con el 9030.

—Pero el 9030 corresponde a… —dijo Ignacio.

—Auditoría Interna —respondió Daniel.

—¡Y precisamente por eso mismo no salía en ningún informe de las cuentas de clientes! —exclamó Ignacio—. ¡Qué cabrón!

—La eterna cuestión —añadió Daniel—. ¿Quién controla a los controladores?

—Y hasta dónde puedes otorgarles confianza —rubricó Ignacio.

—Una cosa más, Rafa —agregó Ignacio tras un breve silencio—. ¿Este Misael era empleado nuestro o subcontratado?

—Subcontratado. Nos vino de MegaByte Consulting.

—MegaByte. Efectivamente, ha estado dando muchos mordiscos[3] —comentó Daniel.

El sarcasmo contribuyó a rebajar la tensión y sacó sonrisas entre los asistentes.

—¿Conocemos su domicilio? —preguntó Sonsoles.

—No exactamente —respondió Rafael—. Las empresas sólo nos facilitan nombre, DNI y currículum conforme a nuestra plantilla; en esta carpeta están su foto y todo lo que sabemos de su persona. Creo que dijo vivir por la zona de Santa Clara, pero podríamos preguntar a MegaByte.

—No lo creo prudente en este momento —intervino Daniel—. Como tampoco hacer nada que pueda alertarle. Mi sugerencia es dejar todo como está, pero controlándolo de cerca.

—Yo puedo implementar un motor de búsqueda que nos facilite todo lo que haya en el sistema con el usuario «Huis358621». Esto nos dará una idea de lo que haya hecho.

—Me parece bien —dijo Ignacio—. Rafa, monta un proyecto que revise todo el sistema de auditoría interna. Puedes poner como excusa una demanda de nuestro consultor, Daniel, para el proyecto «Banco del Siglo XXI».

—Yo voy a mover mis contactos para averiguar dónde vive y por dónde se mueve, si no hay inconveniente —propuso Daniel.

—Y yo también voy a mover contactos para averiguar el destino del dinero sustraído. Señores, manos a la obra. Y Rafa, recuerda la confidencialidad de lo que hemos hablado.

---

[3]   *Byte* es la unidad de información de base utilizada en computación. *Bite,* en inglés, significa mordisco y ambas palabras se pronuncian igual. El inspector utiliza el significado de la segunda para hacer el sarcasmo.

—Ignacio —contestó Rafael—, yo no he estado hoy en tu despacho.

—También es verdad.

Daniel hizo unas llamadas a sus antiguos compañeros al salir del despacho de Ignacio. También llamó a su amigo y anterior superior, Antonio Sánchez, y quedaron en verse por la tarde.

Se encontraron en la plaza de Doña Elvira, un lugar fresco entre callejas y rincones del barrio de Santa Cruz. Los dos amigos comentaron las últimas novedades y finalmente Daniel le pasó una pequeña ficha con los datos de Misael Huisman Santillana.

—Mira qué me puedes decir de este individuo. De momento sólo puedo decirte que es el sospechoso causante de los problemas de Ignacio Ladrón.

—Déjalo de mi cuenta. ¿Qué quieres saber? ¿Antecedentes, denuncias, domicilio actual y anteriores?

—Lo que puedas sin comprometerte. En principio, me valdría sólo con saber dónde vive, pero si hay algo más y puedes dármelo estaré en deuda contigo.

—Veré qué hay. Te pasaré un aviso y quedamos a comer. Pero pagarás tú.

—Muchas gracias, Antonio, y cuenta con ello.

Una semana después volvieron a verse. Quedaron en un conocido restaurante de la calle San Eloy. Durante la comida, Antonio le transmitió todo lo que había averiguado.

—Parece ser que el tío está limpio. Ni una multa de tráfico. Es hijo de un holandés y una española. Tiene nacionalidad española, por supuesto. Lo que te habían dicho es cierto. El domicilio que nos consta está en la calle Litri; se encuentra entre Santa Justa y Santa Clara. Es una zona donde las calles tienen referencias taurinas. Lleva unos dos años y medio en la empresa.

—No sabemos si todavía vive allí. Me temo que se haya largado a los Países Bajos hace un par de meses.

—Sobre eso no puedo decirte nada —respondió Antonio—. Y no tengo argumentos para enviar una patrulla.

—Tranquilo. Estaba pensando en voz alta.

—Bueno, aquí tienes todo lo que te acabo de contar y también la foto de su DNI. Ya sabes que esto no puede tenerlo un… «civil».

—Descuida. Lo veré en casa, lo memorizaré y cinco minutos después lo destruiré. Me has dado mucho más de lo que esperaba.

Antonio Sánchez le devolvió una sonrisa de agradecimiento. Se conocían desde varios años atrás, eran amigos a pesar de la situación laboral y no eran necesarios los cumplidos entre ellos, pero sin duda que los agradecían.

—Olvídalo —respondió Antonio—. Quiero preguntarte una cosa. ¿Qué piensas hacer cuando termine esta investigación y cuándo crees que te soltará Ignacio Ladrón?

—Estamos al final. Con esto que me has dado y lo que podamos sacar a MegaByte Consulting podremos dar por concluido el servicio que demandaba el señor Ladrón.

—¡Por favor, Daniel! —le reprochó Antonio.

—Vale, Ignacio. Y respondiendo a tu inquietud, te prometo que pienso volver a la Jefatura.

—Si te lo preguntaba es porque dentro de poco habrá una vacante en un nuevo negociado que te podrá venir bien y te supondrá un ascenso. Puedo retrasar la publicación unas pocas semanas sabiendo que puedo contar contigo.

—¿De qué va? —preguntó Daniel.

—Algo de lo que ya eres un experto. Delitos económicos.

Antes de que pudiera añadir cualquier cosa, sonó el teléfono móvil de Antonio Sánchez. Una simple mirada a la pantalla fue suficiente para saber de qué se trataba. Se levantó de la mesa para despedirse de Daniel González.

—Lo siento, Daniel, el servicio me requiere. ¡Hablamos!

Daniel le vio alejarse respondiendo a la llamada. En su mano tenía una pequeña carpeta azul con la información de Misael Huisman y sabía qué tenía que hacer: ir la calle Litri y preguntar a los vecinos.

El barrio está al rebufo de lo que antaño fue la colonia para los militares estadounidenses destinados en la base de San Pablo, y luego en la de Morón, y que ha supuesto el área natural del desarrollo urbanístico de Sevilla.

La calle Litri estaba formada por bloques de viviendas de unos sesenta metros cuadrados y dos o tres habitaciones. Una zona de clase media y con los servicios necesarios para poder tener una vida tranquila.

Como suponía Daniel de antemano, nadie contestó a las insistentes llamadas al timbre. Indagó entre los vecinos y poco fue lo que pudo obtener. Misael vivía solo, parecía ser muy trabajador y se le veía poco, como también era poco comunicativo, aunque cordial con los vecinos, porque siempre saludaba con una sonrisa. Hacía como un par de meses que no le veían, pero ello no le extrañó a nadie, puesto que parecía que viajaba con mucha frecuencia. Todo apuntaba a que el pájaro había volado.

Habría sido fácil indagar entre los viajeros que hubieran salido de Madrid-Barajas. Fácil para un policía, algo que él no era en ese momento.

Regresó al banco decepcionado y con la sensación de haber perdido el tiempo, aunque llevaba toda la información que le había pasado su amigo Antonio. Allí Sonsoles le dio una pequeña alegría: había conseguido controlar y aislar todas las aplicaciones y ficheros accesibles por el usuario «Huis358621», el de Misael Huisman, y podían bloquear todo en cuanto quisieran.

—Entonces estamos a un paso de cerrar este asunto. No me atrevo a llamarlo caso —respondió Daniel—. Y ya sabemos lo que nos va a responder Ignacio: que nada de carácter oficial y total discreción.

—Eso supone que ya hemos hecho lo que vinimos a hacer.

—Vamos a hablar con Ignacio y terminemos cuanto antes.

Ya en el despacho del presidente del banco, le expusieron las conclusiones.

Misael Huisman aprovechó la situación privilegiada que tuvo durante el proyecto de desarrollo e implementación del sistema de auditoría interna para instalar un programa, posible-mente construido por él mismo, que detraía céntimos cada vez que se hacía un cálculo de liquidación. Cada dos o tres meses, cuando se había acumulado una importante cantidad, generaba una orden de transferencia a una cuenta, presumiblemente suya, en un banco holandés.

Misael vivía en un piso de la calle Litri de Sevilla, del que se marchó hacía un par de meses aproximadamente. Por otra parte, no se le conocían problemas de ningún tipo, ni siquicra una multa de tráfico.

Accedía a los sistemas del banco mediante una vía que dejó habilitada para ello y que utilizó cada vez que sacó los fondos de la entidad. Por lo que respecta al sistema informático del banco, se habían detectado y controlado todos los ficheros y aplicaciones a los que accedía para traspasar el dinero detraído, así como la «puerta falsa» que dejó preparada.

Tras escuchar estas conclusiones, Ignacio Ladrón respondió:

—La verdad, estoy gratamente sorprendido con vosotros dos. Sabía que no me equivocaba con Daniel, pero la habilidad de Sonsoles ha supuesto una resolución muy rápida.

Ambos se mostraron agradecidos. Una mezcla de sinceridad y mero formulismo de cortesía.

—Lo cierto es que este Misael lo tenía todo muy bien organizado y muy oculto. Está claro que es un tipo muy inteligente y habéis demostrado ser muy hábiles y más inteligentes que él.

—Ignacio —respondió Daniel—, como escribió Arthur Conan Doyle en una de sus novelas sobre Sherlock Holmes, «lo que un hombre puede inventar otro puede descifrarlo»[4].

—Cierto —continuó Ignacio—. Bueno, yo también he hecho mi parte en el final de este, digamos, incidente. Me he reunido con MegaByte Consulting y me han confirmado que Misael Huisman se dio de baja en la empresa hace dos meses y medio. Alegó lo mismo que en el banco, que tenía que irse a Maastricht por un asunto de índole familiar o algo así. También he movido contactos con el banco holandés donde transfirió

---

[4]   *La aventura de los bailarines,* de *Sir* Arthur Conan Doyle.

el dinero y parece depositado en una cuenta de la sucursal de Maastricht. Incluso he conseguido su dirección.

—Con todas las pruebas que tenemos, cualquier juez emitirá una requisitoria y una euroorden de inmediato y podremos tener a Misael aquí en menos de un mes —aseveró Daniel.

—No, Daniel. Te comprendo y, además, respeto tu opinión, pero no puede ser y ya lo sabes.

—Sí —respondió Daniel tragándose su orgullo—. Nada que pueda dañar la imagen del banco ni la confianza de los clientes. En todo caso, tienes en tu correo electrónico un informe detallado con toda la resolución del caso y los pasos que hemos ido dando.

—Yo también tengo algo para vosotros. Como prometí en nuestro primer encuentro, tenéis abiertas las puertas del banco. Además, puedo asegurar que necesitamos gente con vuestros conocimientos y experiencia. A ti, Sonsoles, puedo ofrecerte una posición de *hacker* ético. Ya sabes, intento de sabotear el sistema para que, cuando lo consigas, alertes de ello a fin de cerrar la vía descubierta. También participarás activamente en el proyecto «Banco del Siglo XXI». Por supuesto, con la obligación de estar al día de las novedades relativas a intrusiones no deseadas.

Sonsoles no dijo nada, pero Daniel percibió un brillo especial en sus ojos.

—A ti, Daniel —continuó Ignacio—, he pensado en ofrecerte la dirección de Seguridad, que conlleva ser miembro del consejo de dirección. Por supuesto, ni os pido ni quiero que me respondáis hoy. Sí que debo añadir que, en caso de que desearais volver a la Jefatura de Policía, recibiréis una muestra de la generosidad del Banco Andaluz de Desarrollo.

Se pusieron de pie para salir del despacho, cuando Ignacio añadió algo más:

—Un detalle que casi se me olvida. Por favor, entregad a Rafa toda la información técnica. Ya le diré yo qué hacer con ella.

—¿Bloqueamos la entrada de Misael? —preguntó Sonsoles.

—Por supuesto.

—Así se hará y te pasaremos copia de lo que entreguemos a Rafa.

—Muchas gracias.

—Eres el jefe —respondió Daniel.

De regreso a la intimidad del despacho que ocupaban, llegó el momento de las mutuas confesiones.

—Me sorprende que vayas a aceptar la oferta.

—Nunca se te escapa nada. Y sí, Daniel. Lo veo como una oportunidad excelente para hacer lo que me gusta. Pero voy a insistir en tener libertad para colaborar con la Policía. También soy policía y siento el cuerpo en mí. Y ya sé que tú no vas a aceptar.

—No, por supuesto. Volveré a la Jefatura y aceptaré una oferta de Antonio.

—¡No me has dicho nada de ello!

—Todavía es algo confidencial y de nueva creación. Me lo ha comentado esta mañana y, tal y como se han desarrollado los acontecimientos, tampoco he tenido ocasión de hablarlo contigo.

—Daniel, creo que es mejor así. No me veo conviviendo contigo siendo compañeros de trabajo. Así no habría funcionado. Trabajando en sitios diferentes sí que podremos funcionar como pareja. Es preferible perder un compañero de trabajo a un compañero sentimental.

—Puede que tengas razón. Siempre la tienes. ¿Nos vamos a casa? —preguntó Daniel.

—¿A la tuya o a la mía?

—A la nuestra. A la que vamos a buscar ahora mismo para nosotros.

Al día siguiente le confirmaron a Ignacio la decisión que habían tomado.

—Para seros sincero —dijo Ignacio—, intuía lo que me ibais a responder y me he anticipado a ello.

Abrió un cajón de su escritorio y sacó un documento sobre el que estampó su firma.

—Toma, Sonsoles. Es tu nombramiento como consultora jefe de seguridad de sistemas y *hacker* ético del banco.

Sonsoles cogió el documento que le entregó Ignacio y lo leyó con detenimiento. Ahí se plasmaban sus ilusiones y aquello que era su pasión profesional. Cuando levantó la vista, añadió Ignacio:

—También he hablado con mis contactos en la Dirección General de la Policía y me he asegurado de que puedas colaborar con ellos como asesora independiente externa.

Luego se dirigió a Daniel. Volvió a sacar algo del cajón del escritorio. Esta vez eran dos sobres. En el primero de ellos había unos décimos de lotería. Sin duda era algo extraño.

—Son unos décimos premiados —explicó Ignacio—. Lo hago así para que Hacienda no te persiga, porque me consta que eres un hombre de ley y declaras todos tus ingresos. En este otro sobre hay un cheque por el importe que Hacienda te retendrá cuando cobres el premio. Como ves, hay que pensar en todo. Y, si quieres, te pongo este importe fuera de España.

—No, gracias —respondió Daniel—. Como dices, soy un funcionario cumplidor de la ley y, además, tú me lo pondrías en un banco holandés.

Ignacio rio el sarcasmo y tan sólo añadió:

—Bien está lo que bien acaba. No os deseo suerte porque sé que sois buenos profesionales y no necesitáis de ello, pero sí que os deseo un futuro prometedor como pareja. Sólo hay que veros.

Daniel se reincorporó a su anterior puesto en la Jefatura de Sevilla. Veinte días después fue nombrado comisario jefe de Delitos Económicos. El primero en acercarse a darle un abrazo fue su anterior supervisor, Antonio Sánchez.

—Enhorabuena, Daniel. Ya era hora de que estuviéramos al mismo nivel. Te lo mereces.

—Sin tu apoyo no lo habría conseguido.

—Hay más gente de la que piensas que te ha apoyado. No tenías ni un solo competidor.

Daniel se tomó una semana de vacaciones pocos meses después y se fue por su cuenta a Maastricht. Una vez en la ciudad holandesa, se dirigió a la comandancia local de Policía y se identificó como compañero.

—Estoy haciendo una investigación sobre un ciudadano español y holandés que reside en esta ciudad y quisiera ver si me pueden facilitar alguna información sobre él.

Nadie le conocía, aunque, al tratarse de una ciudad pequeña, el nombre resultaba familiar.

Hubo un policía que sí recordaba algo e hizo una consulta en los archivos.

—Aquí está —dijo—. Hace unos meses hubo un incidente en su domicilio. Alguien le dio una paliza y le destrozó el apartamento. Lo investigamos, pero no pudimos averiguar nada; no hubo rastro alguno ni huellas. Debieron ser unos profesionales y la víctima tampoco aportó nada.

—¿Les importa si me acerco al domicilio para indagar?

—En absoluto. Tan sólo que, si logra averiguar algo, díganoslo.

—Cuenten con ello. Muchas gracias.

Daniel indagó por el barrio y habló con los vecinos, pero no pudo averiguar nada, salvo que Misael había cambiado de domicilio; dijeron que se había mudado a Rotterdam.

Sin embargo, él sí que sabía todo. Ignacio Ladrón de Guevara había cerrado el círculo. Posiblemente no habría recuperado el dinero sustraído, pero había capturado al culpable y le había infligido su castigo. En silencio, sin publicidad, con total discreción, con la firma de la casa…

«Muy hábil, Ignacio, y quizá también muy eficaz —pensó Daniel—. Además, de paso te has quedado con la estructura que montó este pobre diablo para generar ingresos que llevas a una cuenta B y con los que puedes pagar discretamente favores y actividades inconfesables. Como siempre, sin publicidad y sin manchar el nombre del banco para seguridad de sus clientes».

José Quincoces
Chiclana de la Frontera, 31 de agosto de 2024